六朝山水文精读与研究

吴冠文 著

本书为上海市浦江人才计划资助项目"中古时期山水诗、文、画的创作互动研究"(项目编号:22PJC011)的阶段性成果。

永和九年歲在癸丑暮春之初會
于會稽山陰之蘭亭修禊事
也群賢畢至少長咸集此地
有崇山峻領茂林修竹又有清流激
湍映帶左右引以為流觴曲水之
列坐其次雖無絲竹管弦之
盛一觴一詠亦足以暢敘幽情
是日也天朗氣清惠風和暢仰
觀宇宙之大俯察品類之盛
所以遊目騁懷足以極視聽之娛信
可樂也夫人之相與俯仰一世或
取諸懷抱悟言一室之內或
因寄所託放浪形骸之外雖
趣舍萬殊靜躁不同當其欣
於所遇暫得於己快然自足不
知老之將至及其所之既惓情
隨事遷感慨係之矣向之所欣
俛仰之間以為陳跡猶不
能不以之興懷況修短隨化終
期於盡古人云死生亦大矣豈
不痛哉每攬昔人興感之由
若合一契未嘗不臨文嗟悼不
能喻之於懷固知一死生為虛
誕齊彭殤為妄作後之視今
亦猶今之視昔悲夫故列
敘時人錄其所述雖世殊事
異所以興懷其致一也後之攬
者亦將有感於斯文

元·黄公望《富春山居图·剩山图卷》，藏浙江省博物馆

明·仇英《桃源仙境图》，藏天津博物馆

明·沈周《秋景山水图》,藏台北故宫博物院

序
Preface

在我国古代很长一段历史时期里,山水文学的创作主体均为各时期的文化精英,主要由士族子弟或衣食无忧的释道中人组成,他们字里行间传递出的山水审美与文学创作倾向,一般局限于特定的贵游圈。大部分为衣食奔波之人,即使有机会身在溪山行旅中,感受更深的也是"险径游历,栈石星饭,结荷水宿,旅客贫辛"(鲍照《登大雷岸与妹书》),若无写作以便与亲友交流的目的,既无心也无暇玩赏山水。但是时过境迁,早期与普通人无缘的山水文学,恰如同"旧时王谢堂前燕"渐渐"飞入寻常百姓家",其山水审美观念和文学表现方法日益引起更多人的共鸣与欣赏。

南朝梁时人称"山中宰相"的陶弘景曾云"山川之美,古来共谈",先秦两汉文学作品中关涉山水的文字便已日渐增多,但一般认为,直到六朝时期人们才开始真正充分欣赏自然山水的四时之美。六朝文学中描写山水的文体很多,诗体的山水之作已受到广泛而深入的关注,与短篇的诗作相比,六朝其他文体,如赋、记、序、书、辞等文体中所在多有的影响后世极为深远的山水佳作,尚未获得充分的鉴赏与研究。

众所周知,六朝文一直是后世作者从立意结构到遣词造句等方面取之不尽用之不竭的创作源泉,自唐代直至现当代的鲁迅、周作人和废名等创作名家,都十分推崇六朝美文。在六朝美文中,模山范水之作可谓其一大宗。有鉴于此,本书前半部分拟选取六朝山水文中著名篇章,简介作者与作品的文学史地位,译注正文。本书后半部分分专题论述六朝山水文发展相关的重要的文献与文学问题,部分内容曾在《复旦学报》《光明日报》《浙江学刊》等报刊上发表过。

笔者之所以希望将涉及我国如画河山的六朝山水名篇,以深入浅出的解读方式呈现在当代读者面前,是期待这种方式既可以展现传统文化的当代意义,也有助于各个阅读层次的读者借此进入各种文学胜境,从中各取所需,或者效其颇具感染力的文学表现手法,或者沉浸在古人的文字中俯仰为乐,甚或只是从古人观照世界的方法中获得一些启发,从而打开自己观看山水自然的视野。

值得一提的是,不少六朝山水名篇在后世曾是画家喜好表现的对象,如王羲之《兰亭诗序》、陶渊明《桃花源记》,便是自唐以来许多著名画家喜好表现的对象,文徵明、仇英、陈洪绶等一众画家以"兰亭修禊图""桃源图""桃源仙境图"等命名的画作均尚存于世。因此,本书特别为所选六朝山水名篇配上相关的图像,即便有些作品未见"兰亭修禊图""桃源图"等与原文直接相关的绘画,也会附上与所选篇目文字意境相关的图画。虽然六朝山水文与相关或相似意境的画作产生时代不一致——后者多是宋代以后作品,但因为山水自然相对于风云变幻的人世,可以"历古今而长在,经盛衰而不易"(谢灵运《归途赋》),宋元明清画家所表现的山川湖泊,仍可以与六朝人笔下的山水相互构成一定的阅读和观览张力,二者并观,读者或许能够更加感性地体味古人文字和画笔描摹表现出的多姿多彩的山水。

序		1

上篇　六朝山水文精读

王羲之	兰亭诗序	3
孙绰	游天台山赋	11
袁崧	宜都记	22
庐山诸道人	游石门诗序	26
陶渊明	桃花源记	36
	游斜川诗序	42
谢灵运	山居赋（节选）	46
	游名山志序	63
	归途赋	66
盛弘之	荆州记（节选）	71
鲍照	登大雷岸与妹书	74
江淹	赤虹赋	86
吴均	与宋元思书	95
	与顾章书	99
	与施从事书	101

刘　峻	东阳金华山栖志（节选）	103
郦道元	水经注（节选）	111
陶弘景	答谢中书书	117

下篇　六朝山水文研究

两晋山水文的书写与演变	123
南朝书札中山水书写的文献问题与文学评价	137
晋宋之际山水本真之美的发现与叙写	158
谢灵运的宗教思想倾向与其山水文学创作	170
谢灵运山水诗文对前代赋体文学成果的转化与 　　吸收	189

上篇

六朝山水文精读

王羲之

兰 亭 诗 序

王羲之(321—379,一作303—361),字逸少,曾官右军将军,故又称王右军,琅琊临沂(今山东临沂)人。《隋书·经籍志》录有《王羲之集》九卷,后散佚,现存王集均为明清以来人所辑。王羲之为人称道的主要是书法艺术,世称"书圣"。他最传诵人口的文学作品便是下面这篇《兰亭诗序》。王羲之所撰序文的行书作品在后世被奉为书法极品,有"中国行书第一帖"之称,更助推了这篇文字的广泛流传和接受。该序又有《兰亭序》《临河序》等名。

东晋永和九年(353),王羲之与谢安、孙绰等四十几位名士在山阴(今浙江绍兴)兰亭修禊。我国古代三月上巳修禊传统一般是在水边洗濯嬉戏,借以祓除不祥。六朝时候,文人名士的修禊逐渐衍变成一种饮酒赋诗的风雅集会。王羲之、谢安、谢万、孙统、王凝之、王肃之、王徽之等人有四言、五言兰亭诗,另有十几人诗不成,罚酒三巨觥。《兰亭诗序》便是王羲之为众名士这次修禊所赋诗集撰写之《序》。之前类似的文人雅集著名者有石崇等人的金谷涧集会,石崇为金谷集会众人所赋诗撰写的《金谷诗序》影响比较大。据《世说新语·企羡》篇记载:"王右军得人以《兰亭集序》方《金谷诗序》,又以己敌石崇,甚有欣色。"(余嘉锡:《世说新语笺疏》,上海:上海古籍出版社,1993年,第630页)

《序》文不长,作者在清和朗畅、生机勃勃的自然中,感慨快意适己之事俯仰之间化为陈迹,嗟悼人生修短无常,终期于尽,提出《庄子》的"一死生""齐彭殇"的达观思想虚妄无稽,其实无法化解人类亘古永存的对死亡的痛苦情怀。《序》文字里行间表现出作者面对山水自然的欣喜和对有情生命的无限眷恋。

慨叹有情生命的修短无常本是长期动荡不安的魏晋文学中习见的主题,以王《序》中"夫人之相与,俯仰一世","向之所欣,俯仰之间,已为陈迹"两处文字中的"俯仰"一词为例,它在魏晋以来便常被用来表现生命短暂,如阮籍《咏怀诗》第三十二"去此若俯仰,如何似九秋。人生若尘露,天道邈悠悠",陆机《长歌行》"兹物苟难停,吾寿安得延。俯仰逝将过,倏忽几何间",等等。王羲之短短一篇散文中用了两个"俯仰",接续的正是他之前的文学书写传统,用以慨叹在品类繁盛、浩瀚无垠的宇宙中,人生短暂犹如低头抬头之瞬间。

《兰亭诗序》之所以能在魏晋南朝同类题材诗文中脱颖而出,成为后世论者必提、诗文选集必选之作,除了书圣之盛名,主要是因为它在融情于景方面做得比较出色。若将该《序》与阮籍《咏怀诗》相参照,如《咏怀诗》第三十二:

> 朝阳不再盛,白日忽西幽。去此若俯仰,如何似九秋。人生若尘露,天道邈悠悠。齐景升丘山,涕泗纷交流。孔圣临长川,惜逝忽若浮。去者余不及,来者吾不留。愿登太华山,上与松子游。渔父知世患,乘流泛轻舟。

显而易见,同样表现人生倏忽短暂,由时令景物兴发的王《序》,比起几乎都是议论的阮诗,也比王自己的《兰亭诗》,更易打动人。

永和九年,岁在癸丑,暮春之初,会于会稽山阴之兰亭,修禊事也。① 群贤毕至,少长咸集。② 此地有崇山峻岭,茂林修竹,又有清流激湍,映带左右,引以为流觞曲水,列坐其次。③ 虽无丝竹管弦之盛,一觞一咏,亦足以畅叙幽情。④

　　是日也,天朗气清,惠风和畅,仰观宇宙之大,俯察品类之

① "永和九年"数句,永和九年,岁在癸丑,暮春初始,大家相聚在会稽山阴的兰亭,临流饮宴赋诗,祓除不祥。

岁在癸丑:古人以天干地支纪年,癸丑即晋穆帝永和九年(353)。修禊(xì),古代民俗于农历三月上旬的巳日到水边嬉戏,以祓除不祥的祭祀活动,三国魏以后将修禊或解禊活动固定在三月初三,皇室大族和名士们逐渐形成三月三临流饮宴赋诗的风气。

② "群贤毕至"两句,贤达之人全部莅临,年长的和年轻的汇聚一起。

毕:都,全部。咸:全,都。

③ "此地有崇山峻岭"数句,这里有崇高峻峭的山岭、茂密的树林和修长的竹子,还有清澄的湍流相映衬,于是选作流觞曲水之所,水流旁设酒具,与会者依次坐在水旁。

映带:景物相互映衬照应,山水文学中常指山与水相映衬。引:选取。流觞(shāng)曲(qū)水:古代三月上巳民俗,为助酒兴,在弯曲的水流旁设酒杯,与会者坐在水旁,酒杯流到谁面前,谁就取来喝,据说可以祓除不吉利。

④ "虽无丝竹管弦之盛"三句,即使没有丝竹管弦一类盛况,但一杯酒一首诗,也足够大家尽情抒发深思之情了。这几句或是针对石崇《金谷诗序》"时琴、瑟、笙、筑,合载车中,道路并作;及住,令与鼓吹递奏"而言,石崇《金谷诗序》如暴发户似地罗列了很多富贵之事:"有别庐在河南县界金谷涧中,去城十里,或高或下,有清泉茂林,众果、竹、柏、药草之属,……莫不毕备。又有水碓、鱼池、土窟,其为娱目欢心　（转下页）

盛,所以游目骋怀,足以极视听之娱,信可乐也。①

夫人之相与,俯仰一世,或取诸怀抱,悟言一室之内,或因寄所托,放浪形骸之外。② 虽趣舍万殊,静躁不同,当其欣于所遇,暂得于己,快然自足,不知老之将至。③ 及其所之既倦,情随事迁,感慨系之矣。向之所欣,俯仰之间,以为陈迹,犹不能不

(接上页)之物备矣。"极力炫耀自己的别庐位置之佳(近城),内有各种贵富之家才有的物产和资源。与金谷集会的赫然势焰迥异,"一觞一咏,亦足以畅叙幽情"的兰亭集会,展现的是一种雅致的名士风度,他们自得自满于简单的饮酒赋诗之乐。

① "是日也"数句,这一天天气清朗,柔和的风使人舒适畅快。仰头观望宇宙之浩瀚无穷,低头辨察天地之间万物种类之丰盛,以此放眼远眺,舒展胸怀,使人尽享视听之娱,的确可乐啊。

惠风和畅:柔和的风使人舒适畅快。品类之盛:天地之间万物种类之丰盛。极:穷尽。信:的确。

② "夫人之相与"数句,人们之间相偕相交,转瞬之间便是一世。有些人相结交所取的是胸怀义气相投,一室之内畅谈不已;有些人将自己情怀寄托在山水之类爱好上,放任自己,超脱现实形体的束缚。

相与:相偕,相互。俯仰:比喻很短的时间。怀抱:胸怀。形骸之外:身体之外,超然于一己物质之外的东西。这里用《庄子·德充符》申屠嘉怒怼郑子产的一段典故,申屠嘉所言中有谓"今子与我游于形骸之内,而子索我于形骸之外"。

③ "虽趣舍万殊"数句,人与人在人生取舍上尽管各出己见,性情或暴躁或恬静,但当遇到欢欣的人事,突然舒适自如,满足喜悦,浑然忘却衰老即将到来。

趣:同"取"。

以之兴怀。况修短随化,终期于尽。① 古人云:死生亦大矣,岂不痛哉!②

　　每揽昔人兴感之由,若合一契,未尝不临文嗟悼,不能喻之于怀。③ 固知一死生为虚诞,齐彭殇为妄作。④ 后之视今,亦由

① "及其所之"数句,待人们对他们曾经求取的物事失去兴趣,意兴阑珊,情绪也随之发生变化,感慨随之而起。之前所欢欣的,转瞬之间便会成为过去的事迹,然而人们的心怀却已经被触动。况且,人生长短只能随顺造化变迁,终有消灭的一天。

倦:古同"倦",疲乏,对某些人事或活动失去兴趣。及其所之既倦,即对曾经想望追求的人事物兴致有灭尽的时候。这体现了六朝人放达、率性而行的一面。如《世说新语·任诞》所记一则著名逸事,即王子猷雪夜访戴安道:王子猷居山阴。夜大雪,眠觉,开室,命酌酒,四望皎然。因起彷徨,咏左思《招隐诗》。忽忆戴安道。时戴在剡,即便夜乘小船就之。经宿方至,造门不前而返。人问其故,王曰:"吾本乘兴而行,兴尽而返,何必见戴。"

② "古人云"数句,古人曾说过,死生是大事,怎会不痛苦?

"古人云:死生亦大矣,岂不痛哉!"当是反用《庄子·德充符》中仲尼所言"死生亦大矣,而不得与之变"意。《庄子》中孔子所言是想强调兀者王骀具有圣人的品性,他能够随顺造化之变,等齐看待常人认为非常重大的死生之变。而王羲之"岂不痛哉"则显然相反,强调生死正是人生头等大事,人们无法彻底摆脱这种生死之痛。

③ "每揽昔人兴感之由"数句,每每观览从前之人兴发感慨的缘由,与今人吻合一致,总难免对着前人文字嗟叹哀悼,难以释怀。

揽:通"览",观察,考察。喻:晓悟,释然。

④ "固知一死生"两句,久已明白将死与生看成一回事是无稽荒诞的,将活了八百岁的彭祖与未成年而死者等齐看待是虚妄之言。这(转下页)

今之视昔,悲夫!①故列叙时人,录其所述。虽世殊事异,所以兴怀,其致一也。后之揽者,亦将有感于斯文。②

据神龙本《兰亭帖》。

明·文徵明《兰亭修禊图卷》,藏北京故宫博物院。

(接上页)两句,王羲之对大家习惯用以宽慰自己的道家齐物思想予以质疑甚至否定。

一死生:《庄子·德充符》中老聃有云:"胡不直使彼以死生为一条,以可不可为一贯者,解其桎梏。"意欲要解人迷惑,以死生为一条贯。

齐彭殇:《庄子·齐物论》有谓:"天下……莫寿于殇子,而彭祖为夭。"对《齐物论》作者来说,就天下人事物各自的性分而言,自足即可,死于襁褓之中的殇子和活了八百岁的彭祖,其实没有不同。固:久。彭:即彭祖,传说活了八百岁。殇(shāng):未成年而死的人。

① "后之视今"三句,将来有人看待今天的人事,也如同今天的我看待古人一样,可悲啊!

② "虽世殊事异"数句,尽管世代不同,人事变迁,引起大家感慨的情境其实一样。将来的览读者,也将会因为这些文字而感慨不已。

揽:通"览",观察。

附一：王羲之《兰亭诗》六首

【其　　一】

代谢鳞次，忽焉以周。欣此暮春，和气载柔。
咏彼舞雩，异世同流。乃携齐契，散怀一丘。

【其　　二】

悠悠大象运，轮转无停际。陶化非吾因，去来非吾制。
宗统竟安在，即顺理自泰。有心未能悟，适足缠利害。
未若任所遇，逍遥良辰会。

【其　　三】

三春启群品，寄畅在所因。仰望碧天际，俯磬绿水滨。
寥朗无厓观，寓目理自陈。大矣造化功，万殊莫不均。
群籁虽参差，适我无非新。

【其　　四】

猗与二三子，莫匪齐所托。造真探玄根，涉世若过客。
前识非所期，虚室是我宅。远想千载外，何必谢曩昔。
相与无相与，形骸自脱落。

【其　　五】

鉴明去尘垢，止则鄙吝生。体之固未易，三觞解天刑。
方寸无停主，矜伐将自平。虽无丝与竹，玄泉有清声。
虽无啸与歌，咏言有余馨。取乐在一朝，寄之齐千龄。

【其　　六】

合散固其常，修短定无始。造新不暂停，一往不再起。
于今为神奇，信宿同尘滓。谁能无此慨，散之在推理。
言立同不朽，河清非所俟。

据逯钦立《先秦汉魏晋南北朝诗·晋诗》卷十三，北京：中华书局，1983 年，第 895—896 页。

附二：石崇《金谷诗序》

余以元康六年，从太仆卿出为使持节，监青、徐诸军事、征虏将军。有别庐在河南县界金谷涧中，去城十里，或高或下，有清泉茂林，众果竹柏、药草之属，金田十顷，羊二百口，鸡猪鹅鸭之类，莫不毕备。又有水碓、鱼池、土窟，其为娱目欢心之物备矣。时征西大将军祭酒王诩当还长安，余与众贤共送往涧中，昼夜游晏，屡迁其坐，或登高临下，或列坐水滨。时琴瑟笙筑，合载车中，道路并作；及住，令与鼓吹递奏。遂各赋诗，以叙中怀，或不能者，罚酒三斗。感性命之不永，惧凋落之无期，故具列时人官号、姓名、年纪，又写诗著后。后之好事者，其览之哉！凡三十人，吴王师、议郎、关中侯、始平武功苏绍字世嗣，年五十，为首。

据严可均《全晋文》卷三三，北京：中华书局，1958年，第1651页。

孙　绰

游天台山赋

孙绰(314—371),字兴公,祖籍太原中都(今山西平遥),少好隐居,居于会稽(今浙江绍兴),游放山水之间十多年。初入仕为著作佐郎,曾任永嘉(今浙江温州)太守,官至廷尉卿。他与许询在东晋均以玄言诗著名,世称"孙许"。钟嵘《诗品》评价他们"善恬淡之词"。著有文集多卷,后散佚,明人辑有《孙廷尉集》。他的诗歌较为人称道的是一首《秋日诗》:

> 萧瑟仲秋月,飂戾风云高。山居感时变,远客兴长谣。疏林积凉风,虚岫结凝霄。湛露洒庭林,密叶辞荣条。抚菌悲先落,攀松羡后凋。垂纶在林野,交情远市朝。澹然古怀心,濠上岂伊遥。

与孙绰其他"皆平典似《道德论》"的作品相比,这首诗一般认为是玄言诗向山水诗的过渡之作,融情于景,作者在天高气爽的仲秋时节,思绪因山居之景而触动,字里行间流露出一种淡淡的时序流逝之悲与思慕古人之情。

据《文选》注,孙绰为永嘉太守时,便有意辞免官职,退隐山林。他听说天台山神奇秀异,可以长往,于是使人图绘天台形状,此赋是他根据图画所绘想象而作。联系孙绰赋《序》和正文,孙作当是根据天台山图画和当时流传的《内经·山记》一类图书,想象虚构而成。因为是据图和传说文字想象之作,犹如后世李白《梦游天姥吟留别》"天台四万八千丈,对此欲倒东南倾"一样,孙绰文字中虚构夸张之处多有与客观现实不吻合之处,阅读时无须凿实理解。

孙绰同时人对此赋评价甚高。赋文措辞致意都很精工,据说作品完成之后,孙绰得意地展示给朋友范荣期看,自我期许甚高,对范说,你试试扔到地上,应当会有金石声响("此赋掷地必为金声也")。范荣期虽然开始不以为然,但后来每读至佳句,都赞叹不已。刘师培认为,在现存晋代赋中,孙赋是"辞旨清新"的特出之作。

孙绰《游天台山赋》被萧统《文选》列入"游览"类,与《文选》"游览"类第一篇赋——王粲《登楼赋》相比,孙绰之赋开始动态记述登临游览的过程。他虽未亲自登临天台山,仅根据天台山之图像和前人零散的文字记载,完全凭想象虚构具体的登临游览过程,其"济楢溪而直进,落五界而迅征。跨穹隆之悬磴,临万丈之绝冥"等语,对于通达仙都之前所历经的艰险山水的书写,以及山与水的相对呈现,正是后来谢灵运等人山水文学作品常用的写作模式。例如楢溪与石桥("悬磴"),便在后世仙山仙都意象中定型。谢灵运的《山居赋》提到天台、桐柏、方石、太平等山之神异时,不但赋正文提到"凌石桥之莓苔,越楢溪之纤萦",自注还强调"云此诸山,并见图纬,神仙所居,往来要径石桥,过楢溪,人迹之艰,不复过此也",可见《游天台山赋》中楢溪、石桥等意象意境的原型意义。

另外,《游天台山赋》关于道家神仙和佛教罗汉的想象,将佛、道遁世及与自然浑然为一的观念,也赋予了后世山水文学许多基本面貌。

天台山者,盖山岳之神秀也。涉海则有方丈、蓬莱,登陆则有四明、天台,皆玄圣之所游化,灵仙之所窟宅。夫其峻极之状,嘉祥之美,穷山海之瑰富,尽人神之壮丽矣。① 所以不列于五岳,阙载于常典者,岂不以所立冥奥,其路幽迥,或倒景于重溟,或匿峰于千岭;始经魑魅之途,卒践无人之境;举世罕能登者,王者莫由禋祀,故事绝于常篇,名标于奇纪。②

① "天台山者"以下数句,天台是神奇秀异之山。渡海可达的方丈与蓬莱,登陆能至的四明和天台,都是神灵仙家居止之处。天台山的高峻之状和嘉祥之美,穷尽了山海之中的瑰玮珍奇之宝,囊括了人神领域的壮观富丽。天台山:传说中葛玄(葛仙公)曾在此山修道,位于今浙江省天台县城北。方丈、蓬莱:神话传说里仙人居住的两座渤海神山。四明:位于浙江省宁波市西南,发脉自天台山,道家认为是第九洞天。谢灵运《山居赋》有"天台、四明相连接"语。峻极:形容山岳高峻之状,《诗经·大雅·嵩高》有"嵩高维岳,骏极于天"。

② "所以不列于五岳"数句,天台山之所以未能列名于五岳,未被常见典籍记载,是因为它冥冥深奥,路途幽深遐远。有些山峦俯临深海,山影倒映在水中,有些高峰被成千的山岭遮蔽。刚经过山神怪物所过之途,又会到达人迹全无之境。举世之人罕有能登陟者,帝王也无法予以祭祀,因此天台山不见于常规典籍,只有《山海经》载录了它的名字。

五岳:系我国古代信仰、五行观念和帝王巡狩封禅等因素长期结合下的历史产物,封建帝王封禅祭祀的地方,一般指东岳泰山,西岳华山,南岳衡山,北岳恒山,中岳嵩山。常典:常见典籍。冥奥:幽冥深奥。重溟:深海。匿:隐藏。魑魅:古人认为山泽之中能害人的山神怪物。卒:终。王者:指帝王。禋(yīn)祀:祭天的一种礼仪。常篇:常见典籍篇章。标:题写。奇纪:指《山海经》。

然图像之兴,岂虚也哉！非夫遗世玩道,绝粒茹芝者,焉能轻举而宅之？非夫远寄冥搜,笃信通神者,何肯遥想而存之？① 余所以驰神运思,昼咏宵兴,俯仰之间,若已再升者也。方解缨络,永托兹岭。不任吟想之至,聊奋藻以散怀。②

　　太虚辽阔而无阂,运自然之妙有,融而为川渎,结而为山阜。③ 嗟台岳之所奇挺,寔神明之所扶持。荫牛宿以曜峰,托灵越以正基。结根弥于华岱,直指高于九疑。应配天于唐典,齐峻极于周诗。④

① "然图像之兴"数句,图像的兴起,岂是存想虚致吗？若非脱遗世事、耽玩高道、绝谷物食芝草之人,谁能轻举而居住此山？若非寄情遐远、搜访幽冥、笃信善道通神感化之人,谁肯遥思而存之？

图像：图绘形象。虚：虚假,不真实。遗世：弃绝世俗之事。绝粒茹芝：道家养身方法之一,摒弃谷物,以传说中的神草为食。轻举：飞升,登仙。远寄：寄托高远。冥搜：搜访幽深。通神：通于神灵。

② "余所以"数句,因此我运用心思遐想,日间吟咏、夜晚起来,低头仰首倏忽之间我好像登了两次天台山。我将放下世俗的羁绊,永远寄居天台。吟咏想望之心无法挥去,权且举笔书写,或许这些文辞有助于抒发我对天台的长想之念。

驰神：遐想。兴：起来。俯仰：倏忽,形容时间很快。缨络：萦绕,缠绕,指世俗的羁绊。托：依。奋：举笔。散：抒发。

③ "太虚辽阔"数句,宇宙广大深远而无限,以天道自然之妙理运行着,融者为水,结者为山。

太虚：天,宇宙原始本源之气。辽阔：广远。自然：道。

④ "嗟台岳"数句,感叹天台这座山之奇异挺拔,真是神明给予了扶持啊。上有牛宿荫覆以照耀它的山峰,下有灵越之地作为根　（转下页）

邈彼绝域，幽邃窈窕。近智者以守见不之，之者以路绝而莫晓。① 哂夏虫之疑冰，整轻翮而思矫。② 理无隐而不彰，启二奇以示兆。赤城霞起而建标，瀑布飞流以界道。③

（接上页）本依托。它的结根固本过于华、岱二山，直指而上高于九嶷山。当在唐尧之典中配天，其高峻无比堪与《诗经》所咏嵩山相提并论。

　　挺：拔出。牛宿：有星六颗，中国古代神话和天文学中的二十八宿之一，玄武七宿的第二宿。二十八宿之说源于古人对远古星辰的自然崇拜。古代占星家为了借星象来观察地面州国的吉凶，所以将天上的星宿分别指配于地上的州国，使其互相对应，即云某星宿为某州国的分野或某地是某星宿的分野。天台山在越地，古人将越地与牛宿对应。灵越：指越地为山海灵异所出之地。弥：广。华岱：华山和岱山。九疑：九嶷山。唐典：唐尧之典，据说尧开始祭五岳以配天。峻极：高大无比的样子。周诗：即《诗经·大雅·嵩高》，因该诗有"嵩高维岳，骏极于天"句。

① "邈彼绝域"数句，天台山位于辽远幽深之处，小智小慧之人局限于自己的浅见，不去探索；去的人因为山路险绝隔碍，终究无法知晓。

　　邈：远。绝：远。幽邃：幽深。窈窕：深极之状。近智：小智小慧。之：往，到。晓：了解，知道。

② "哂夏虫"两句，局限于一时一地浅陋之见的人很可笑，犹如无法知晓冬冰的夏虫一样；我将整理羽毛高飞而去。

　　哂：讥笑。夏虫之疑冰：生活在夏天的虫不会相信冬冰的存在，《庄子·外篇·秋水》北海若对河伯说："夏虫不可以语于冰者，笃于时也。"因为夏虫只活在夏天，为它的生活时限遮蔽，无法跟它谈说冬冰。矫：飞。

③ "理无隐"数句，专凝心志，无隐不明，天台山首先以赤城山和瀑布示现奇迹。作为标识的赤色山石，状如云霞，起边界作用的瀑（转下页）

睹灵验而遂徂,忽乎吾之将行。仍羽人于丹丘,寻不死之福庭。① 苟台岭之可攀,亦何羡于曾城?释域中之常恋,畅超然之高情。② 被毛褐之森森,振金策之铃铃。披荒榛之蒙茏,陟峭崿之峥嵘。济楢溪而直进,落五界而迅征。③ 跨穹隆之悬磴,临万丈之绝冥。践莓苔之滑石,搏壁立之翠屏。揽樛木之长萝,

(接上页)布,悬霤千仞,远望如同摇曳垂下的布匹。

彰:明。二奇:指下文提及的赤城和瀑布。赤城:即赤城山,古人认为赤城山是天台南门,去往天台,应当途经赤城山。瀑布:天台西南峰水从南岩悬注,远望如摇曳悬垂的布匹。标:标识。界道:道路的边界。

① "睹灵验"数句,见到天台这些神奇灵验之处,于是我很快就出发了。冀盼依靠丹丘上的羽化成仙之人,寻访长生不老的福地。

徂:往。忽:迅速。羽人:身长羽翼之人,即传说中的得道羽化成仙之人,《楚辞·远游》:"仍羽人于丹丘兮,留不死之旧乡。"丹丘、福庭:均为传说中神仙居住之所。

② "苟台岭"数句,如果天台山可以攀登,又有什么必要去羡慕昆仑曾城呢?我将放下尘世中寻常眷恋的人事,尽情享受超然物外的高情雅致。

羡:羡慕。曾城:传说中的仙乡,位于昆仑山。域中:尘寰之中。畅:尽情,痛快。高情:高雅的情致。

③ "被毛褐"数句,披上密织的毛羽衣,振动锡杖的响铃,拨开繁密的丛林树木,登上高拔险峻的山峰,渡过蜿蜒的楢溪,行过五县余地,便可直进疾行了。

被:披服。毛褐:羽衣。森森:羽衣的样子。金策:锡杖。蒙茏:林木茂密的样子。峥嵘:山峰峻峭高挺的样子。楢溪:可能是天台山一座溪名,也可能泛指蜿蜒的小溪。落:斜行。五界:五县之界,据说天台山旧名五县余地。

援葛藟之飞茎。虽一冒于垂堂,乃永存乎长生。① 必契诚于幽昧,履重险而逾平。②

既克济于九折,路威夷而修通。恣心目之寥朗,任缓步之从容。③ 藉萋萋之纤草,荫落落之长松。觇翔鸾之裔裔,听鸣凤之喈喈。过灵溪而一濯,疏烦想于心胸。荡遗尘于旋流,发五盖之游蒙。追羲农之绝轨,蹑二老之玄踪。④

① "跨穹隆"数句,跨过又长又曲的石桥,看着万丈深渊,踏着布满莓苔光滑无比的石头,扒住陡立的石屏风,把揽着樛木的长萝,牵引着葛藟的飞茎。尽管冒了一次垂堂似的危险,却能够永葆长生。

穹隆:又长又曲。悬磴:石桥。绝冥:深渊。搏:抓持。壁立之翠屏:陡立的石屏风。垂堂:靠近屋檐的地方。一冒于垂堂,即冒着生命危险,因为坐在靠近屋檐的地方可能会被掉落的砖瓦之类砸到,有性命之虞。司马相如《上疏谏猎》引谚语云:"家累千金,坐不垂堂。"

② "必契诚"两句,一定要结诚信于幽冥晦昧的神道,走在危险的地方时才能够犹如平地一样容易。

幽昧:指幽冥晦昧的神道。

③ "既克济"数句,成功通过险阻且长的山道后,路变得弯曲回旋且修长通畅起来,心和眼尽情享受着空旷敞亮的景象,脚步也任由其舒缓从容。

九折:九个曲折,形容山路险阻且长。威夷:同"逶迤",弯曲回旋的样子。修:长。恣:听任。寥朗:空旷敞亮。

④ "藉萋萋之纤草"数句,坐在萋萋的芳草地上,以落落的长松为庇荫,观看鸾鸟裔裔翔舞,聆听凤鸟喈喈和鸣。经过灵溪一番洗濯,疏瀹心里的烦俗之念。在深渊中涤除六尘余烬,在天地清气中遣发了五盖,使身意皆净。追随伏羲、神农的踪迹,步趋老子和老莱子之道。(转下页)

陟降信宿,迄于仙都。① 双阙云竦以夹路,琼台中天而悬居。珠阁玲珑于林间,玉堂阴映于高隅。② 彤云斐亹以翼栊,皦日炯晃于绮疏。③ 八桂森挺以凌霜,五芝含秀而晨敷。惠风伫芳于阳林,醴泉涌溜于阴渠。建木灭景于千寻,琪树璀璨而垂珠。④ 王乔

(接上页)藉:坐。荫:以……为荫。斋斋:鸟飞的样子。嗈嗈:鸟和鸣的声音。濯:洗。疏:涤除。烦想:烦俗之念。荡:荡涤。尘:佛教用语,指色、声、香、味、触、法六尘。佛教认为,如果人们任由眼、耳、鼻、舌、身、意六根追逐六尘,心中就会充满烦恼。旋流:深渊。五盖:佛教用语,指五种覆盖众生心识,使不能明了正道的烦恼,一般指贪欲、瞋恚、睡眠、调戏、疑悔五种。羲农:指伏羲、神农。轨:迹。躐:履。二老:指老子和老莱子。

① "陟降信宿"两句,经过两宿的登山下山,到达神仙起居之所。

陟(zhì):升,登。降:下。信宿:指两宿。迄:至。仙都:神仙起居之所。

② "双阙云竦"数句,双阙耸直入云,玉台高踞空中。林间现出精巧华丽的楼阁,高山的一角掩映着富丽堂皇的殿堂。

双阙:古代宫观之类建筑前两边高台上的楼观。云竦(sǒng):高高直立入云端。琼台:玉台。中天:高空中。悬居:高踞。珠阁:华丽的楼阁。玲珑,精巧的样子。玉堂:富丽堂皇的殿堂。阴映:深邃的样子。高隅:高山的一角。

③ "彤云斐亹"两句,美丽的彩云承扶着窗格,皎皎白日照耀着绮丽的窗户。

彤云:彩云。斐(fěi)亹(wěi):光彩美丽。翼:扶,承。栊:窗格子。炯晃:光明。绮疏:有雕饰花纹的窗户。

④ "八桂森挺"数句,八株桂树高高挺立,抵抗着寒霜。五种灵芝晨朝时分含秀吐荣。山南树林里惠风中满蕴着芳香,山北清渠里　(转下页)

控鹤以冲天,应真飞锡以蹑虚。骋神变之挥霍,忽出有而入无。①

于是游览既周,体静心闲。害马已去,世事都捐。② 投刃皆虚,目牛无全。凝思幽岩,朗咏长川。③ 而乃羲和亭午,游气高

(接上页)甘甜如醴的泉水哗哗地流淌着。神树建木高可千寻,日中无影,玉树上宝珠璀璨下垂。

八桂:神话传说中有八株桂树丛生成林的壮观景象。五芝:五种灵芝。惠风:柔和的风。仁:积聚。醴泉:甘甜如酒醴的泉水。溜:水流。凌霜:抵抗寒霜。建木:我国古代神话传说中的一种神树,高大无枝,位于天地之中,传说伏羲、黄帝等众帝通过这棵神树上天入地,日中无影,呼而无响。琪树:玉树,珠树。璀璨:珠下垂的样子。

① "王乔控鹤"数句,仙人王子乔驾驭仙鹤疾飞上天,罗汉僧人等执锡杖飞空,道家众仙和佛教罗汉等,驰骋神通变化,出于无有,入于无为。

王乔:即王子乔,传说中的仙人,乘白鹤。冲天:疾飞上天。应真:佛教中罗汉的别称。飞锡:僧人执锡杖飞空。蹑:蹈,行。骋:驰骋。神变:佛、道两家的神通变化。出有而入无:《淮南子》有"出于无有,入于无为"语。

② "于是游览"四句,于是游览周遍,身心虚静,有碍涵养身心的杂念嗜欲均已摒除,世俗烦杂之事都已舍弃。

闲:静。害马:害群之马。"害马已去"出自《庄子·徐无鬼》,该文记及黄帝问牧马童子治理天下之事,牧马童子回答道:"夫为天下者,亦奚以异乎牧马者哉!亦去其害马者而已矣!"捐:舍弃,抛弃。

③ "投刃皆虚"四句,如庖丁解牛一般,现今不用五官,但以精神与事相接,触处无碍,游刃有余。在幽岩边凝思,长川边高咏。

"投刃皆虚,目无全牛"出自《庄子·养生主》:"始臣之解牛之时,所见无非牛者。三年之后,未尝见全牛也。方今之时,臣以神遇而不以目视,官知止而神欲行。……彼节者有间,而刀刃者无厚;以无厚入有间,恢恢乎其于游刃必有余地矣。"

寨。① 法鼓琅以振响,众香馥以扬烟。② 肆觐天宗,爰集通仙。挹以玄玉之膏,漱以华池之泉。③ 散以象外之说,畅以无生之篇。④ 悟遣有之不尽,觉涉无之有间;⑤泯色空以合迹,忽即有而得玄;⑥释二名之同出,消一无于三幡。⑦ 恣语乐以终日,等

① "而乃"两句,到了正午时分,游气高高消散。

羲和:日御,我国古代神话传说中为太阳驾车的人。亭午:正午。寨:开。

② "法鼓"数句,法鼓琅琅作响,众香馥郁,烟气飘扬。将觐见天尊,众仙聚集。

法鼓:一种佛教法器。肆:将。觐:见。天宗:天尊。通仙:众仙。

③ "挹以"两句,斟酌玄玉膏液,服饮华池泉水。

挹:斟酌。漱:饮。

④ "散以"两句,以道家象外之说作排遣,用佛教不生不灭的学说尽情。

散:排遣。象外之说:物象之外的学说,主要指道家学说。畅:痛快,尽情。无生之篇:不生不灭的学说,主要指佛教学说。

⑤ "悟遣有"两句,道家、佛教经典都以无为宗,现今觉悟有为非而遣之,遣之不尽,觉无为是而涉之,涉之而有间,言无论是要遣去有还是涉及无,皆滞于有也。

⑥ "泯色空"两句,言有既滞有,故佛教泯色、空以合其迹,道家忽于有而得于玄。又曰,本末内外,畅然俱得,泯然无迹。

泯:平。

⑦ "释二名"两句,有名和无名这二名虽然相异,解释之令他们同出于道。三幡虽然不同,消令为一,同归于无。

释:解说令散。三幡:比喻色、色空、观三者,道家认为此三者最易摇动人心。

寂默于不言。① 浑万象以冥观,兀同体于自然。②

据《日本足利学校藏宋刊明州本六臣注文选》卷十一,北京:人民文学出版社,2008年,第172—174页。

清·法若真《天台山图卷》,藏北京故宫博物院。

① "恣语乐"两句,语言由道生发,道依赖语言得以明畅,因此终日尽情语乐,其实与不言等齐。
② "浑万象"两句,浑同万象以静观,无营于心,与自然同体。
浑:浑同,完整。冥:静。兀:浑然不辨识。

袁崧

宜 都 记

袁崧(？—401)，字山松，晋安帝时为秘书丞，历宜都太守，吴国内史，陈郡阳夏县(今河南太康)人。著有《后汉书》百卷，后亡佚。

袁崧这一段文字虽短，但在中国山水文学史上地位却非同一般，从现存文献来看，他开创了贯穿后来中国山水文学的一个传统，即，山水文学作者不但以山水娱目，还以山水的赏心知己自居。袁文"曾无称有山水之美也"和"既自欣得此奇观，山水有灵，亦当惊知己于千古矣"等语，正如钱锺书先生所评：

> （山水）终则附庸蔚成大国，殆在东晋乎。袁崧《宜都记》一节足供标识。……游目赏心之致，前人抒写未曾。六法中山水一门于晋、宋间应运突起，正亦斯情之流露，操术异而发兴同者。
>
> 人于山水，如"好美色"，山水于人，如"惊知己"；此种境界，晋、宋以前文字中所未有也。（《管锥编·全后汉文八九》，第1036—1038页）

袁崧对于西陵峡中奇异风景的欣赏，并以西陵峡知己自居的现象，即发现山水的欣喜与自得，在晋、宋之际释慧远和陶渊明身上也有体现。山水由娱乐宴嬉的庄园别业附庸依傍之所，终于成为作者叙写的主体,其本真自然的美开始得到作者细心观照,东晋开始悄然出现的这种山水赏心之叹,引领了之后谢灵运等山水文学代表作家的创作。

自黄牛滩东入西陵界,至峡口百许里,山水纡曲,而两岸高山重障,非日中夜半,不见日月,绝壁或千许丈,其石彩色,形容多所像类,林木高茂,略尽冬春,猿鸣至清,山谷传响,泠泠不绝。所谓三峡,此其一也。① 山松言:常闻峡中水疾,书记及口传,悉以临惧相戒,曾无称有山水之美也。及余来践跻此境,既至欣然,始信耳闻之不如亲见矣。其叠崿秀峰,奇构异形,固难以辞叙,林木萧森,离离蔚蔚,乃在霞气之表,仰瞩俯映,弥习弥佳,流连信宿,不觉忘返,目所履历,未尝有也。既自欣得此奇观,山水有灵,亦当惊知己于千古矣。②

> 郦道元《水经注》卷三四《江水》引《宜都记》,陈桥驿《水经注校证》,北京:中华书局,2020年,第759页。

① "自黄牛滩"以下数句,从黄牛滩向东进入西陵界,至西陵峡口一百多里,山水迂回曲折,两岸高山,重峦叠嶂,若非正午夜半,无法见到日月,峻峭矗立的山崖,有的高可千余丈,绝壁岩石多姿多彩,形态各异,常能见到仿像其他物类的,峡中林木均是高大茂盛者。冬春季节,清脆嘹亮的猿鸣之声绵绵不断,响彻山谷。所谓三峡,此为其中之一。

黄牛滩:长江中的滩名。像类:仿像其他物类。略尽:将尽,几乎都是。泠泠:声音清脆嘹亮的样子。三峡:瞿塘峡、巫峡、西陵峡的合称,地当长江上游,介于重庆、湖北之间,长七百里。

② "山松言"以下数句,山松按语:经常听说峡中水流湍急,书籍记载和口头传说中,都以临峡恐惧劝诫后来者,未尝见人称叹其中山水之美。待我亲自登临这个地方,一到便很愉快,方才相信道听途说不如亲眼所见。峰峦重叠秀出,形状奇特怪异,确实难以用言辞(转下页)

南宋·赵芾《江山万里图卷》,藏北京故宫博物院。

(接上页)叙说。山崖上林木繁盛茂密,生机勃勃,耸出云霞之上。仰望所及见者与俯眺所照现者,越熟悉感觉越美好,连宿两夜,徘徊不忍离去,不知不觉忘记返回。曾经亲临所参观游览之境中,未尝有如此特异者。获致这样的奇观令我很欣喜,如若山水有灵,它们也当惊喜千古之下有我这样的知己出现吧!

书记及口传:书籍记载与口头传说。临惧:面对西陵峡便恐惧。践跻:登临。固:确实。萧森:草木茂密貌。离离蔚蔚:茂盛郁勃貌。霞气:云气。弥习弥佳:对某物某事越熟悉越以为佳。流连:徘徊不忍离去。信宿:连住两夜。履历:到各处去游览。

庐山诸道人

游石门诗序

此《序》作者一署释慧远。署名慧远之说产生比较晚近,且若出自慧远之手,《序》文不应出现"释法师以隆安四年仲春之月"之类表述,因此本书仍从旧,署"庐山诸道人"。

这篇《游石门诗序》所述为东晋安帝隆安四年法师慧远率领庐山一众信徒游石门之事。据《世说新语·规箴》篇刘孝标注引《法师游山记》,释慧远自称:"自托此山二十三载,再践石门,四游南岭,东望香炉峰,北眺九江。"

《序》文始于公元400年仲春佳月的山水之游,落脚于佛教思想证悟。整篇文字其实具体而微地体现了释慧远"情有会物之道,神有冥移之功。但悟彻者反本,惑理者逐物"的思想。

具体来说,文章始叙石门奇观位于"庐山之一隅",尽管比较广泛地传之于人口,但亲见者少。为什么这么好的奇观少人问津呢?因为至石门的山路险峻曲折。等读者通篇序文读下来,再回头读这段开首的文字,便会恍然大悟作者用意颇深。其实石门奇观的发现与欣赏过程,何尝不是慧远等人所倡的佛教泥洹思想的求索与证悟过程呢?

序文接着描写三十余人一起兴致勃勃地快速步上通向石门的旅程,沿途经过幽深邃远的森林涧壑,令人步履艰难的崎岖山道,有时只能像猿猴般互相牵引着攀爬险绝的山崖,过程虽然艰险,但大家都以前方石门的美好愿景来安慰自己。最终到达目的地石门涧,果然不负大家所望,坐拥形胜之处,庐山七岭的奇异景观仿佛蓄积在此,高耸如阙的双石,重岩叠嶂周回,其间点缀着各种触类可形的石台、石池、宫馆,瀑布分流高悬,潭水明镜般清澈,又有各色绚丽的文石和茂盛的林木芳草,可以说完全具备了神丽之境的标准。

文中"斯日也,众情奔悦,瞩览无厌"一段可谓释慧远"情有会物之道"的写真,山谷间的天气变幻莫测,霄雾和流光轮番上场,仿佛有灵,归云和哀音令人联想到来仪的羽人和玄妙之音。

"虽仿佛犹闻,而神以之畅"一节可以说是慧远"神有冥移之功"思想的体现。"退而寻之"以下,"虚明朗其照,闲邃笃其情""乃悟幽人之玄览,达恒物之大情。其为神趣,岂山水而已"等语,恰是慧远"悟彻者反本"的具体诠解。作者认为,三十余位交徒同趣石门的同道中人,属于"悟彻反本"者,他们在空虚明朗、闲邃深远的山水面前,并未止步于单纯的流连其耳目之游观,也即"惑理者逐物",而是在神奇妙异的山水中彻悟,通达万物常情之神趣,不再"以生累其神",达到了冥神绝境。

"因此而推,形有巨细,智亦宜然。乃喟然叹宇宙虽遐,古今一契。灵鹫邈矣,荒途日隔。不有哲人,风迹谁存?应深悟远,慨焉长怀。各欣一遇之同欢,感良辰之难再"等结语,如同王羲之《兰亭诗序》结语"每揽昔人兴感之由,若合一契,未尝不临文嗟悼,不能喻之于怀",均将作者的感想置于浩大无垠的宇宙中,差异在于,《兰亭诗序》是感慨,《游石门诗序》是感悟。这可能与两《序》所体现的思想倾向不同有关,前者与道家关系较大,后者则体现了浓厚的佛教思想色彩。

石门在精舍南十余里,一名障山,基连大岭,体绝众阜。辟三泉之会,并立而开流。倾岩玄映其上,蒙形表于自然,故因以为名。① 此虽庐山之一隅,实斯地之奇观。皆传之于旧俗,而未睹者众。将由悬濑险峻,人兽迹绝,径回曲阜,路阻行难,故罕经焉。②

① "石门在精舍南"数句,石门在东林精舍南面十余里之处,又名障山,山脚与庐山相连,其形体超越众山。许多泉源在此开阔汇聚分流。险峻的山崖从上面将其掩映,由于形貌天然地被弥漫笼罩,看不清楚,因此得名障山。

精舍:即寺院,精勤修行者所居,根据下文提到的"释法师",一般认为这里的精舍即慧远与徒众所居止的东林精舍。《高僧传》卷六《慧远传》载慧远在襄阳之乱后离开释道安,与弟子数十人欲往罗浮山。到浔阳时,"见庐峰清静,足以息心",止居庐山,后桓伊为他们建东林精舍。史称东林精舍"洞尽山美,却负香炉之峰,傍带瀑布之壑,仍石叠基,即松栽构,清泉环阶,白云满室。复于寺内别置禅林,森树烟凝,石径苔合。凡在瞻履,皆神清而气肃焉"。障山:石门山别称。据逯钦立《陶渊明集》(北京:中华书局,1979年,第108页),障山即陶渊明作品中的"章山"和"曾城",如《游斜川诗序》:"若夫曾城,傍无依接,独秀中皋。"大岭:庐山。绝:超过。辟:开辟,开阔。倾岩:险峻的山崖。蒙:弥漫笼罩,看不清楚。

② "此虽庐山之一隅"数句,这里虽只是庐山的一角,却属实是这片领域中的奇观。长久以来在风俗中遍传,但是大多未能亲眼看见。抑或由于飞瀑险急,悬崖陡峻,人兽绝踪,陵陆曲折回还,道路阻隔,行进艰难,因此罕有人经过吧。

皆:遍。将:抑或。悬濑:悬注的急流飞瀑,即《水经注》所记石门双石之中"悬流飞瀑,近三百许步,下散漫十许步,上望之连天,若曳飞练于霄中矣"。

释法师以隆安四年仲春之月,因咏山水,遂杖锡而游。于时交徒同趣三十余人,咸拂衣晨征,怅然增兴。① 虽林壑幽邃,而开途竞进。虽乘危履石,并以所悦为安。既至,则援木寻葛,历险穷崖,猿臂相引,仅乃造极。② 于是拥胜倚岩,详观其下,始

① "释法师"数句,法师慧远于隆安四年二月,借赞美山水之机,于是挂着锡杖出游。当时一起徒步行走三十多人,均提起衣襟,清晨出发,意兴盎然。

释法师:释慧远。郦道元《水经注》卷三十九《庐江水》谓石门水:"历涧,径龙泉精舍南,太元中,沙门释慧远所建也。"慧远在庐山东林寺落脚后,曾经多次携众人游庐山,其中至少两次到过石门。《世说新语·规箴》刘孝标注引《法师游山记》曰:"自托此山二十三载,再践石门,四游南岭,东望香炉峰,北眺九江。传闻有石井方湖,中有赤鳞踊出,野人不能叙,直叹其奇而已矣。"(余嘉锡《世说新语笺疏》,上海:上海古籍出版社,1993年,第572页。)隆安:晋安帝年号。隆安四年是公元400年。仲春之月:阴历二月。杖锡:挂着锡杖。交徒同趣:一起徒步行走。拂衣:起身之前提起或撩起衣襟。怅然增兴:有所感触而意兴盎然。兴:兴致。

② "虽林壑幽邃"数句,虽然森林涧壑幽深邃密,大家开拓途路,争相求进。虽然冒险踩踏在步履维艰的崎岖山道上,大家都以前方石门的美好愿景安慰自己。到达石门附近,大家攀援林木和藤葛,历经艰难,像猿猴那样以臂膊互相牵引攀爬险绝的山崖,终于登上最高峰。

开途竞进:开拓途路,争相求进。乘危履石:冒险踩践石头。仅乃:才。造极:登上最高峰。

知七岭之美,蕴奇于此。① 双阙对峙其前,重岩映带其后,峦阜周回以为障,崇岩四营而开宇。其中则有石台、石池、宫馆之象,触类之形,致可乐也。② 清泉分流而合注,渌渊镜净于天池。文石发彩,焕若披面。柽松芳草,蔚然光目。其为神丽,亦已备矣。③

斯日也,众情奔悦,瞩览无厌,游观未久,而天气屡变。④ 霄

---

① "于是拥胜倚岩"数句,于是环抱形胜,倚靠山岩,仔细端详下面,方始知道庐山七岭的奇异景观仿佛均蓄积在此。

拥胜:环抱奇异优美的风景。蕴:包含。

② "双阙对峙"数句,其前有如阙的双石高耸对立,其后重叠的岩石相互映衬,周回的山峦形成叠嶂,高大的岩石四面围绕,可开辟封域,以为居室。其间点缀着各种触类可形的石台、石池、宫馆,极其可乐。

双阙:指石门高耸的双石。对峙:高耸对立。映带:景物相互衬托照映。营:四周围绕以为居。开宇:开拓疆域。触类之形:所接触到的各种相类的事物。致:极,尽。

③ "清泉分流"数句,瀑布分流高悬,合注天池般的潭中,潭水明镜般清澈。各色绚丽的文石,明亮若展阅彩色图绘。茂盛的林木芳草令人眼前一亮。它们完全具备了神丽之境所应有的一切。

渌渊:清澈的泉水。焕:明亮。披面:疑为"披图"之误,指展阅图画。蔚然:茂盛的样子。神丽:神妙妍丽。备:完备。

④ "斯日也"数句,这一天,大家的情绪都欣悦非常,尽情注目观览,赏之不足。游览观赏不久,天气频频变化。

奔悦:欣悦非常。桓玄《南游衡山诗序》有"所以欣然奔悦,求路忘疲者,触事而至也"语。瞩览:眺瞩观赏。无厌:不足,没有厌倦。

雾尘集,则万象隐形。流光回照,则众山倒影。开阖之际,状有灵焉,而不可测也。① 乃其将登,则翔禽拂翮,鸣猿厉响。归云回驾,想羽人之来仪;哀声相和,若玄音之有寄。② 虽仿佛犹闻,而神以之畅;虽乐不期欢,而欣以永日。当其冲豫自得,信有味焉,而未易言也。③ 退而寻之,夫崖谷之间,会物无主,应不以情,而开兴引人,致深若此,岂不以虚明朗其照,闲邃笃其情邪?并三复斯谈,犹昧然未尽。④ 俄而太阳告夕,所存已往。乃悟幽

---

① "霄雾尘集"数句,空中雾气聚集,则一切景象隐去身形。日光返照,则现出众山倒影。霄雾遮蔽和日光返照之间的情状,如若有灵,不可测究。

霄雾:空中雾气。万象:宇宙内外一切事物或现象。开阖:指前所述霄雾遮蔽和日光照耀万物两种情景。

② "乃其将登"数句,将登石门时,飞翔的禽鸟扇动翅膀,鸣叫的猿猴发出清脆激越的声响。归云回行,令人联想到来仪的羽人,山谷间各种声音相应和,仿佛寓游寄托的佛道之类的玄妙之音。

拂翮:扇动翅膀。厉响:清脆激越的声响。归云:行云。羽人之来仪:仙人的光临。哀声:山谷间各种声音相应和。玄音:佛道之类的神妙之声。

③ "虽仿佛犹闻"数句,虽然依稀听闻,而精神因之而舒畅。虽然喜乐不求过度欢愉,而整日欣然。恬淡闲适自得之时,确实趣味无穷,这些是言语不易表达清楚的。

神以之畅:精神因为它而得到舒畅。欣:喜。永日:整天。冲豫:恬淡闲适。味:旨趣,趣味。

④ "退而寻之"数句,退却寻思之,山崖谷涧之间,体察物理全不由己,未用情予以应对,却能引发兴致,且兴趣、情致如此之深,岂不是因为空虚之心使彻见更加明了,闲静深远令情致更加专一?大家 (转下页)

人之玄览,达恒物之大情。其为神趣,岂山水而已哉。①

(接上页)一起反复谈论,尚犹昏茫无知,未尽其理。

　　寻:探究,研求。会物:体察物理。应:应对。开兴:引发兴致。致深若此:兴趣、情致如此之深。虚明朗其照,闲邃笃其情:空虚之心使彻见更加明了,闲静深远令情致更加专一。按,"照""情"是释慧远常提的概念。慧远《沙门不敬王者论·求宗不顺化第三》中论曰:"是故经称:'泥洹不变,以化尽为宅;三界流动,以罪苦为场。化尽则因缘永息,流动则受苦无穷。'何以明其然? 夫生以形为桎梏,而生由化有,化以情感,则神滞其本,而智昏其照,介然有封,则所存唯己,所涉唯动。于是灵辔失御,生途日开,方随贪爱于长流,岂一受而已哉! 是故反本求宗者,不以生累其神;超落尘封者,不以情累其生。不以情累其生,则生可灭;不以生累其神,则神可冥。冥神绝境,故谓之泥洹。泥洹之名,岂虚称也哉!"《沙门不敬王者论·形尽神不灭第五》又论:"神也者,圆应无生,妙尽无名,感物而动,假数而行。感物而非物,故物化而不灭。假数而非数,故数尽而不穷。有情则可以物感,有识则可以数求。数有精粗,故其性各异。智有明暗,故其照不同。推此而论,则知化以情感,神以化传。情为化之母,神为情之根。情有会物之道,神有冥移之功。但悟彻者反本,惑理者逐物耳。"三复:反复。昧然:昏茫无知的样子。

① "俄而太阳告夕"数句,不久傍晚日落,白日所体验的情景都成为过往。于是悟出隐居山林之人心居玄冥之处而能览察万物,通达常物的通理。幽人隐居山林的神韵妙理,岂止于山水而已啊。

　　俄而:不久,顷刻。太阳告夕,所存已往:傍晚日落,白日所体验的情景都成为过往。幽人之玄览:隐居山林之人心居玄冥之处而能览察万物。达恒物之大情:通达常物的通理。《庄子·大宗师》:"若夫藏天下于天下而不得所遁,是恒物之大情也。"

于是徘徊崇岭,流目四瞩。九江如带,丘阜成垤。① 因此而推,形有巨细,智亦宜然。乃喟然叹宇宙虽遐,古今一契。灵鹫邈矣,荒途日隔。不有哲人,风迹谁存? 应深悟远,慨焉长怀。各欣一遇之同欢,感良辰之难再。情发于中,遂共咏之云尔。②

据严可均《全晋文》卷一六七,北京:中华书局,1958年,第2437页。

① "于是徘徊崇岭"四句,于是流连于高岭之上,放眼四处眺瞩。九江如同一根细带,山岭丘阜像小土丘一样。

徘徊:流连。流目:放眼观看。九江如带:九江如同一根带子,形容从高远之处观看到的九江之细。

② "因此而推"数句,由此推衍开去,形体有巨、细之别,智慧应该也一样。于是喟然感叹,宇宙虽遐远,古今其实全然相合。灵鹫山相距遥远,隐者荒芜之途日渐阻隔。如非智慧卓绝之人,风操谁能保持? 应对深笃,感悟深长,感慨悠思。我们各个欣喜与石门美景的相遇之欢,感叹良好的时光难以再次遇合。情感发自内心,于是一起颂咏。

喟然:叹气的样子。一契:谓符契相合为一,借指完全相合。灵鹫:佛教圣地,在古印度摩揭陀国王舍城之东北,梵名耆阇崛。邈:遥远。荒途:象征隐士。左思《招隐》诗有"杖策招隐士,荒途横古今"。哲人:智慧卓绝之人。风迹:风操,风节。应深悟远:应对深笃,感悟深远。长怀:悠思,遐想。一遇:与石门周遭情景相遇合。

附庐山诸道人《游石门诗》：

超兴非有本,理感兴自生。忽闻石门游,奇唱发幽情。
褰裳思云驾,望崖想曾城。驰步乘长岩,不觉质有轻。
矫首登灵阙,眇若陵太清。端坐运虚轮,转彼玄中经。
神仙同物化,未若两俱冥。

据逯钦立《先秦汉魏晋南北朝诗·晋诗》卷二十,北京:中华书局,1983年,第1086页。

明·沈周《庐山高》，藏台北故宫博物院。

陶渊明

桃 花 源 记

陶渊明(352或365—427年),字元亮;一说名潜,字渊明,自号五柳先生,逝后朋友私谥靖节先生。浔阳柴桑(今江西九江)人。早年曾断续担任江州祭酒、镇军参军、建威参军、彭泽令等微末职位,后不堪忍受官场污浊的环境与繁文缛节,归园田居。自梁昭明太子萧统编《陶渊明集》,后代递相编纂,现有陶集十卷流传于世。陶渊明其人其文在南朝和唐代虽时被提及,但并未获得广泛的关注。直到宋代苏轼、黄庭坚等人重塑或重新"发现"了这位"伟大诗人",将他推尊为六朝诗歌创作的最高代表,并作为中国文学中恬澹自然一派风格的典型,才确立了他在中国古代文学史上特别受尊崇的地位,其诗文作品中均有不少传世名篇。

陶渊明在南朝以隐逸得名,虽然后世文学史以"陶谢"并称,但是与稍年轻些的谢灵运相比,他的文学创作在当时显然不在主流之列,其诗文中虽然也有山水书写,但相对比较质朴,稀见比较具体细致、丰富深入的模山范水文字,对于山、水——即其作品中之丘、壑或木、泉,或许陶渊明并无意作"穷力而追新"的描绘。如被欧阳修誉为晋代独佳之作的《归去来分辞》("晋无文章,惟陶渊明《归去来分辞》一篇而已",见《东坡志林》卷七),写"农人告余以春及,将有事于西畴。或命巾车,或棹孤舟。既窈窕以寻壑,亦崎岖而经丘。木欣欣以向荣,泉涓涓而始流。善万物之得时,感吾生之行休",对丘壑、草木、水泉均只有大而化之的书写,未涉及山水中的细趣密玩。

陶渊明的《桃花源记》和《桃花源诗》,常被论者置于六朝搜神志怪类叙事作品中,比较它们的情节编造虚构等问题。其实我们也可以将《记》和《诗》描绘的神界("奇踪隐五百,一朝敞神界"),放在六朝仙都范式的文学发展中进行观照。与之前孙绰《游天台山赋》、顾恺之《画云台山记》等作品中玄想的仙都仙境相比,桃花源神界中不但活动主体的身份迥异,这些世外栖居者均如热情好客、平易近人的域中人,不再像孙、顾作品中的仙人那样独自逍遥,高冷难攀。与孙、顾等人作品中有能够飞升的不老仙人存在的仙都不同,桃花源神界里居住的都是些古朴的普通人,他们的衣裳和俎豆之类行为虽有沿袭古法之处,但耕作与其他言行举止均与同时代的方内之人大体无别。

《记》开篇先写渔人偶然得遇洞天福地的过程,与六朝其他仙境仙都类似,豁然开朗的桃源神界也需经过极狭窄的通道才能到达。文章主体部分写渔人在桃源神界中的见闻阅历。神界的环境描写:"土地平旷,屋舍俨然,有良田、美池、桑竹之属。阡陌交通,鸡犬相闻。"不外乎汉魏西晋以来庄园或地产山水描写的模式。如仲长统理想中的"清旷"之居便包括:"良田广宅,背山临流,沟池环匝,竹木周布,场圃筑前,果园树后。"(《后汉书·仲长统传》,北京:中华书局,1965年,第1644页)石崇的金谷园也有:"清泉茂林、众果竹柏、药草之属,金田十顷,羊二百口,鸡猪鹅鸭之类,莫不毕备。又有水碓、鱼池、土窟,其为娱目欢心之物备矣。"神界中人"与外人间隔。问今是何世,乃不知有汉,无论魏晋",其实在前代论述中常能见到类似的表达,如仲长统所谓的"消摇一世之上,睥睨天地之间。不受当时之责,永保性命之期。如是,则可以陵霄汉,出宇宙之外矣。岂羨夫入帝王之门哉",比较而言,陶渊明《桃花源记》中的表达更质朴无华。《记》的结尾部分讲怀有机心的渔人离开神界后,不复得路,最终迷失了桃源之所在。

晋太元中,武陵人捕鱼为业。缘溪行,忘路之远近。① 忽逢桃花林,夹岸数百步,中无杂树,芳草鲜美,落英缤纷。渔人甚异之,复前行,欲穷其林。② 林尽水源,便得一山。山有小口,仿佛若有光,便舍船从口入。初极狭,才通人,复行数十步,豁然开朗。③

土地平旷,屋舍俨然,有良田、美池、桑竹之属。阡陌交通,鸡犬相闻。④ 其中往来种作,男女衣着,悉如外人。黄发垂髫,并

① "晋太元中"数句,晋孝武帝太元年间,有一位武陵郡的人,依靠捕鱼为生。他有一次划船沿着小溪前行,浑然不觉向前行了多远。
太元:东晋孝武帝年号(376—396)。武陵:郡名,今湖南常德。
② "忽逢桃花林"数句,渔人眼前忽然出现一片桃花林,夹着溪岸数百步之广,林中全无其他树木,芳草新鲜美丽,桃花飘落纷纷。眼前景象令渔人很诧异,他继续向前,想穷尽这片桃花林。
③ "林尽水源"数句,夹岸桃林的尽头有一座山,山下有一个小口,仿佛能看见小口中有点光,渔人于是下船,走进小口。小口起初极其狭窄,仅容得下人,继续前行数十步,狭窄的小口尽头突然现出宽阔明亮的天地。
才:仅仅。
④ "土地平旷"数句,土地平坦开旷,房舍齐整,良田、美池、桑竹之类应有尽有,田间小路勾连相通,邻里能相互听见鸡犬之声。按,这几句所描绘的可谓古人心目中理想的田园。陶渊明之前,典型的有汉代仲长统描述的理想的"清旷"之居:"良田广宅,背山临流,沟池环匝,竹木周布,场圃筑前,果园树后。"以及西晋石崇的金谷园:"清泉茂林、众果竹柏、药草之属,金田十顷,羊二百口,鸡猪鹅鸭之类,莫不毕备。又有水碓、鱼池、土窟。"
鸡犬相闻:出自《道德经》:"邻国相望,鸡犬之声相闻。"形容人烟稠密,邻里之间住得很近,能相互听见鸡犬叫声。

怡然自乐。① 见渔人乃大惊,问所从来,具答之。便要还家,设酒杀鸡作食。② 村中闻有此人,咸来问讯。自云先世避秦时乱,率妻子邑人来此绝境,不复出焉,遂与外人间隔。③ 问今是何世,乃不知有汉,无论魏晋。此人一一为具言所闻,皆叹惋。余人各复延至其家,皆出酒食。④ 停数日,辞去。此中人语云:"不足为外人道也。"⑤

既出,得其船,便扶向路,处处志之。⑥ 及郡下,诣太守说如

---

① "其中"数句,神界中来来往往耕作劳动的男男女女,服饰均与外面的现实世界有异。老老小小,一派欣悦自得其乐融融的样子。

悉如外人:参考《诗》中"衣裳无新制"句,疑有误。黄发:指老人,因老年人头发由白转黄。垂髫(tiáo):指儿童,古时童子未冠者头发下垂。怡然:欣悦自得的样子。

② "见渔人"数句,神界中人见到渔人很是惊讶,询问他来自哪里。渔人一一作答。神界中人于是邀请渔人到自己家里,杀鸡备酒招待他。

具答:详尽作答。要(yāo):邀请。

③ "村中闻有此人"数句,村中听闻有这样一位外人,都过来问候打听。他们说自己的先人当时为躲避秦时的动乱,带领妻子儿女和同邑之人来到这处与世隔绝之所,不再出去,于是与外界隔断。

④ "问今"数句,村人问渔人现在是什么年代,他们连汉代都不知道,更遑论魏晋。渔人详尽告诉他们桃源之外世界的见闻,村中人都嗟叹不已。其他村人各各延请渔人到自己家中,以酒食相待。

⑤ "停数日"数句,渔人在村中停留数日后,告辞而去。村中人嘱咐他:"村中之事不值得向外人言道。"

语(yù):告诉。

⑥ "既出"数句,渔人离开村中后,找到自己的小船,沿着之前来时路,处处做标记。

此。太守即遣人随其往,寻向所志,遂迷不复得路。① 南阳刘子骥,高尚士也,闻之,欣然规往,未果,寻病终。后遂无问津者。②

据《四部丛刊》影印宋巾箱本《笺注陶渊明集》卷五。

① "及郡下"数句,到了武陵郡城,至太守面前汇报自己的经历。太守立即派遣人跟随渔人前往。渔人寻找之前做的标志,竟然迷失无从找到。

诣(yì):到,特指到尊长那里去。遂:竟然。

② "南阳刘子骥"数句,南阳有位高尚其志的人士刘子骥,听说此事后,欣欣然规拟前往,未获成功,不久病故。后来竟再无求访桃源神界之人。

南阳:今河南南阳。规,原作"亲",今据毛氏汲古阁藏宋刻《陶渊明集》改。

附《桃花源诗》：

嬴氏乱天纪，贤者避其世。黄绮之商山，伊人亦云逝。
往迹浸复湮，来径遂芜废。相命肆农耕，日入从所憩。
桑竹垂余荫，菽稷随时艺。春蚕收长丝，秋熟靡王税。
荒路暧交通，鸡犬互鸣吠。俎豆犹古法，衣裳无新制。
童孺纵行歌，班白欢游诣。草荣识节和，木衰知风厉。
虽无纪历志，四时自成岁。怡然有余乐，于何劳智慧？
奇踪隐五百，一朝敞神界。淳薄既异源，旋复还幽蔽。
借问游方士，焉测尘嚣外。愿言蹑轻风，高举寻吾契。

据《四部丛刊》影印宋巾箱本《笺注陶渊明集》卷五。

明·仇英《桃源图》，藏美国波士顿艺术博物馆。

陶渊明

游斜川诗序

　　根据《游斜川诗序》上下文，尤其是"各疏年纪乡里，以记其时日"等语，可以猜测该《序》很可能是陶渊明为自己和邻居游斜川之诗所作之序。同游斜川者只有"二三邻曲"，规模无法与石崇等金谷集会、王羲之等兰亭集会相比，也明显小于庐山诸道人的石门之游，陶《序》之篇幅也无法与前此三篇诗序相比。但是，这篇短小的《序》一如陶渊明其他田园题材作品的风格，素澹省净，非常优美。因为《游斜川诗》为作者现存作品中唯一山水诗，这篇诗序对于后人了解陶渊明的山水书写倾向也就格外重要。

　　就六朝现存的"序"体山水文学来看，《游斜川诗序》完全可置于王羲之《兰亭诗序》和庐山诸道人《游石门诗序》这一系列作品中。与这些作品结构类似，陶《序》主体也是先叙写时序风物，再描写游览目的地的美好景象，然后抒发遥想感慨之情思。

　　值得注意的是，在这篇短小的陶《序》中，可以见出晋宋山水观念和书写中的一种"寻异"趋势，即发现山水并以山水知己自居的风潮。《序》中"彼南阜者，名实旧矣，不复乃为嗟叹"，意思是南阜已为众所周知，不必再去嗟叹，"若夫曾城，傍无依接，独秀中皋"，意为曾城则不一样，还乏人问津，因此陶《序》突出独秀中皋的曾城，并因之联想到灵山。

　　陶《序》末尾由曾城联想到昆仑山曾城仙境的一段："若夫曾城，傍无依接，独秀中皋，遥想灵山，有爱嘉名。欣对不足，率尔赋诗。悲日月之遂往,悼吾年之不留。各疏年纪乡里,以记其时日。"可与庐山诸道人《游石门诗序》结尾"乃喟然叹宇宙虽遐,古今一契。灵鹫邈矣,荒途日隔。不有哲人,风迹谁存?应深悟远,慨焉长怀。各欣一遇之同欢,感良辰之难再。情发于中,遂共咏之云尔"一段并观。

辛丑正月五日,天气澄和,风物闲美。① 与二三邻曲,同游斜川。临长流,望曾城,鲂鲤跃鳞于将夕,水鸥乘和以翻飞。② 彼南阜者,名实旧矣,不复乃为嗟叹。③ 若夫曾城,傍无依接,独秀中皋,遥想灵山,有爱嘉名。④ 欣对不足,率尔赋诗。悲日月之遂往,悼吾年之不留。各疏年纪乡里,以记其时日。⑤

　　　　　　据《四部丛刊》影印宋巾箱本《笺注陶渊明集》卷二。

① "辛丑"数句,隆安五年正月五日,天气清朗和暖,风光景象一片美好。
　辛丑:当即晋安帝隆安五年辛丑年,公元401年。
② "与二三邻曲"数句,作者与三两位邻居,一起游斜川。俯临斜川长流,仰望远处的曾城。鲂鲤映着夕阳跳跃,水鸥乘着和气翻飞。
　曾城:山名。
③ "彼南阜者"数句,庐山那个地方,得名已久,不再引人感叹。
　南阜:庐山。
④ "若夫曾城"数句,而对于曾城来说,旁边没有任何依接,在中皋独拔特秀,让人仿佛遥想昆仑,因为昆仑山也有曾城这一嘉名称呼的处所。
　灵山:此处指昆仑这座充满仙灵之气的山,昆仑山有传说中的仙境曾城,又叫增城。《后汉书·张衡传》载其《思玄赋》有:"登阆风之曾城兮,构不死而为床。"李贤注引《淮南子》曰:"昆仑山有曾城九重,高万一千里,上有不死树在其西。"
⑤ "欣对不足"数句,大家与斜川曾城欣然相对,意犹未尽,于是随意写诗。悲叹时间疾驰,哀悼我们年华逝去。各各署上自己的年纪和乡里,用来纪念这些时日。
　率尔:随意,无拘束的样子。

附《游斜川诗》：

开岁倏五日，吾生行归休。念之动中怀，及辰为兹游。
气和天惟澄，班坐依远流。弱湍驰文鲂，闲谷矫鸣鸥。
迥泽散游目，缅然睇曾丘。虽微九重秀，顾瞻无匹俦。
提壶接宾侣，引满更献酬。未知从今去，当复如此不？
中觞纵遥情，忘彼千载忧。且极今朝乐，明日非所求。

据《四部丛刊》影印宋巾箱本《笺注陶渊明集》卷二。

谢灵运

山居赋（节选）

谢灵运(385—433)，陈郡阳夏(今河南太康)人，曾官永嘉太守、秘书监、临川内史等，位至侍中。出生后谢家以子孙难得，十五岁之前将他寄养在天师道徒钱塘杜明师"治"中，故小名"客儿"，后人称"谢客"。又因曾袭祖父谢玄之封乐公，世又称"谢康乐"。谢灵运原有集十九卷，后散佚，现存谢集系明人辑本。曾撰《晋书》(三十六卷)、《居名山志》、《游名山志》、《十四音训序》等，编撰过《赋集》《诗集》《回文集》《七集》等大型总集。

谢灵运其人其文在南朝的地位和影响均曾留下不少直接和间接的文字记载。其人爱在衣裳器物等方面立异求新，以至当时产生"世共宗之"的轰动效应；其文则在晋宋之际也已获得了朝野上下，甚至教内教外充分的认可。在谢灵运生前，虽然曾经出现过谢混、谢瞻等文名一时颇盛的情况，但在谢混、谢瞻等文学才华未尝充分绽放便早早离世后，文坛最有影响的一颗星当非他莫属。这从他得以撰写慧远法师、宋武帝刘裕、庐陵王义真等人的诔文便可见一斑。众所周知，在"贱不诔贵"的诔文撰写原则下，像慧远法师、宋武帝这样教内外至高地位的人物去世后，为其撰写诔文的执笔者是很讲究的，须是在当时文名地位均比较特出的人不可。谢灵运逝世后，虽然出现了颜延之、谢庄等文名较盛的人物，但直到沈约《宋书·谢灵运传》中仍然赞赏谢氏"文章之美，江左莫逮"，钟嵘《诗品》也尊他为"元嘉之雄"，而颜延之只是"为辅"。

谢灵运文学创作的众多体裁中,如赋、诔等文体在南朝渐渐淡出了人们的视线。沈约《宋书》虽全文收录其长篇《山居赋》《撰征赋》,但到萧统等人编撰《文选》时,除诗歌外,谢灵运其他文体竟一篇未予收录。就谢诗入录《文选》的题材看,有"行旅""游览""赠答"等多个类别,尤其是在"行旅""游览"两类中,均以谢灵运入选诗篇数量为最,其"赠答"等类中也不乏记载游山玩水之作。唐初《艺文类聚》等类书节录谢灵运作品与此相类。可以说,《文选》至唐初类书所录谢作的特点,代表了梁代之后人们对谢灵运创作关注焦点的逐渐定型,充分肯定了他在我国山水文学发展史上的地位。

汉魏西晋山水书写中关于山水之境的表现,无论是欢宴之地,还是仙境,抑或是玄想和证悟之场,作者多是将山水作为某一主旨的附庸或依傍之所。山水由附庸终于成为作者叙写的主体,其本真自然的美成为作者细心观照的主体,在东晋袁崧、陶渊明、庐山诸道人等文字中开始悄然出现。东晋始发展出的这种欣赏山水本然之美异且以山水知己自居的趋势,在谢灵运诗文中蔚为大观。

在谢灵运的山水文学创作中,向来论者关注最多的是山水诗,山水文则不但注意者相对较少,且评价多负面。这篇《山居赋》篇幅甚长,无论其文学表现方式与感染力如何有争议,但是正如周亮工所论:"(谢灵运)诗措词命意,则尽于《山居》一赋。所谓'溯溪终水涉,登岭始山行',即《赋》中'入涧水涉,登岭山行',此类甚多。"(《因树屋书影》卷十,清康熙六年刻本)撇开周氏之语的夸大成分不谈,《山居赋》确实可作为许多谢诗措词命意的最佳参考对象。

据《宋书·谢灵运传》:"灵运父祖并葬始宁县,并有故宅及墅,遂移籍会稽,修营别业,傍山带江,尽幽居之美。与隐士王弘之、孔淳之等纵放为娱,有终焉之志。每有一诗至都邑,贵贱莫不竞写,宿昔之间,士庶皆遍,远近钦慕,名动京师。作《山居赋》并自注,以言其事。"赋文以"近西""远北"等方位展现所写对象,结构上貌似机械步趋汉大赋,但具体的描写却显然比汉大赋平面罗列铺叙的模式进步了很多。在具体的景物描写中,谢灵运已经吸收了纪行游览类小赋的一些特点,如对此类赋移步换景写法的借用。以往大赋中的描写物态多是鸟瞰式的,作者仿佛是对着某一详细罗列山川物产的地图在写作,因此基本上是平面的。《山居赋》则不然,如"爰初经略,杖策孤征。入涧水涉,登岭山行。陵顶不息,穷泉不停。栉风沐雨,犯露乘星……翦榛开径,寻石觅崖。四山周回,双流逶迤。面南岭,建经台;倚北阜,筑讲堂;傍危峰,立禅室;临浚流,列僧房"等段落,显非鸟瞰式的平面描绘所能表现,而是借鉴了纪行、游览类山水游览赋的创作技法。

另外值得注意的是,作者细心观照并在赋中努力叙写宏阔境域里的种种细趣密玩,包括谢诗少有涉及的云霞、烟霭、岚光等意象,这类现象或可启发我们思考同一作家文与诗的创作互动问题。

不过,后人关于《山居赋》"塞滞""冗琐"的讥评并非全是苛求(钱锺书:《管锥编·全宋文卷三一》,第1285页)。该赋正文刻意讲求四、六骈对的一些段落,如"田连冈而盈畴,岭枕水而通阡。阡陌纵横,塍埒交经"等,对于田间阡陌等的表现便颇嫌冗琐。

古巢居穴处曰岩栖,栋宇居山曰山居;在林野曰丘园,在郊郭曰城傍,四者不同,可以理推。① 言心也,黄屋实不殊于汾阳。即事也,山居良有异乎市廛。② 抱疾就闲,顺从性情,敢率所乐,而以作赋。③

① "古巢居穴处曰岩栖"数句,古时称巢居穴处者为隐居,山中房宇栖居者为山居;在林野之中者为质素的丘园,在城郊居止者为城旁。四者之异,可以以理推求。

巢居:以树为巢而寝居其上。皇甫谧《高士传》:"巢父者,尧时隐人也。山居,不营世利。年老,以树为巢而寝其上,故时人号曰巢父。"穴处:以洞穴为寝居之所。岩栖:隐居。嵇康《与山巨源绝交书》:"故尧舜之君世,许由之岩栖。"栋宇居山:山中修葺栖居的房舍。丘园:隐居之处。《易·贲》:"六五,贲于丘园。"王肃注:"失位无应,隐处丘园。"孔颖达疏:"丘谓丘墟,园谓园圃。唯草木所生,是质素之所。"城傍:城市之旁。支道林《与桓玄书论州符求沙门名籍》谓:"赖圣主哲王,复躬弘其道,得使山居者骋业,城旁者闲道,缘皇泽旷洒,朽干蒙荣。"

② "言心也"数句,论及心神,身处天子所居的黄屋与世外高蹈者所游止的汾水之阳其实无异;而就具体情境来说,山居与闹市迥异。

黄屋:帝王所居宫室。汾阳:汾水之阳,谢灵运诗文中一般用来指高蹈世外之人隐逸之处,例如他的《从游京口北固应诏》有"昔闻汾水游,今见尘外镳"。出自《庄子·逍遥游》:"尧治天下之民,平海内之政。往见四子藐姑射之山,汾水之阳,窅然丧其天下焉。"按,后人有将《逍遥游》"汾水之阳"理解成尧宫所在之处。良:甚,非常。

③ "抱疾就闲"数句,(我)抱病闲居在家,顺从自己的秉性和气质,冒昧以所以为乐之事作赋。

抱疾就闲:抱病闲居在家。敢率:谦称,冒昧。

扬子云云:"诗人之赋丽以则。"文体宜兼,以成其美。① 今所赋既非京都宫观游猎声色之盛,而叙山野草木水石谷稼之事。才乏昔人,心放俗外,咏于文则可勉而就之,求丽,邈以远矣。② 览者废张、左之艳辞,寻台、皓之深意,去饰取素,傥值其心耳。意实言表,而书不尽。遗迹索意,托之有赏。其辞曰:③

① "扬子云云"数句,扬雄曾说过:"诗人之赋美丽而合乎法则。"文学之体应该同时具备这两方面(指丽与则),以成全为文之美。
"诗人之赋丽以则":扬雄《法言》卷第二《吾子》云:"诗人之赋丽以则,辞人之赋丽以淫。"兼:并,同时具有。
② "今所赋"数句,现在我所赋写的既然非关京都、宫观、游猎、音声和美色之盛况,而叙述山野、草木、水石、谷稼等事。我既无古人那样的才华,心又放纵于世俗之外。因此勉强用文辞表现还行,与为文之美的追求其实相差甚远。
京都、宫观、游猎、声色:这几类系汉魏六朝大赋传统题材,据史载,谢灵运曾编有上百卷之巨的《赋集》,很可能其题材分类中便包括这几类。谢灵运之后梁萧统等编撰之《文选》,所列京都、宫殿、畋猎、物色、音乐正可与《山居赋》此语相应。乏:没有。放:放纵。
③ "览者废"数句,希望览读此文者且搁置张衡、左思赋作的艳丽之辞,深究台佟和四皓等人隐逸肆志的深意,摒除华辞丽藻,或许可以获得本质,与本心相遇。意义超乎言辞之外,书写又无法穷尽言辞。舍弃言语之类有痕迹可循的东西,求索其背后真正的意义,这些需要托付给真正能够欣赏的人。赋的正文文辞如下。
废:放下、搁置。张、左之艳辞:当指张衡《二京赋》、左思《三都赋》等集中表现京都巨丽景象的作品。寻:推究。台、皓之深意:指台佟和四皓等人隐逸肆志的深意。台佟字孝威,据皇甫谧《高士传》:"魏郡邺人也。不仕,隐武安山中峰,凿穴而居,采药自业。建初中,州辟不就,魏(转下页)

昔仲长愿言,流水高山;应璩作书,邙阜洛川。势有偏侧,地阙周员。① 铜陵之奥,卓氏充铩揽之端;金谷之丽,石子致音

(接上页)郡刺史执枣栗为贽,见佟,语良久。刺史曰:'孝威居身如此,甚苦,如何?'佟曰:'佟幸得保终正性,存神养和,不屏营于世事以劳其精,除可欲之志,恬淡自得,不苦也。如明使君,绥抚牧养,夕惕匪忒,反不苦耶?'遂去,隐逸,终身不见。"四皓,据皇甫谧《高士传》:"皆河内轵人也,或在汲。一曰东园公,二曰甪里先生,三曰绮里季,四曰夏黄公,皆修道洁己,非义不动。秦始皇时,见秦政虐,乃退入蓝田山,而作歌曰:'莫莫高山,深谷逶迤。晔晔紫芝,可以疗饥。唐虞世远,吾将何归?驷马高盖,其忧甚大。富贵之畏人,不如贫贱之肆志。'乃共入商雒,隐地肺山,以待天下定。及秦败,汉高闻而征之,不至,深自匿终南山,不能屈己。"饰:修饰华美的辞。取:得到,取得。素:本性,本质。傥:或许,大概。遗:舍弃。迹:留下的印子。意:意义。意实言表,而书不尽。遗迹索意,托之有赏:《易传·系辞》:"子曰:书不尽言,言不尽意。"《庄子·秋水》:"可以言论者,物之粗也。可以意致者,物之精也。"谢灵运此处意为书写无法完全表达清楚言说,言说无法完全表达出深心所欲表达的意义。即是说,意义虽经由言辞表达,言辞却无法穷尽其深心想要表达的意义。读者一旦领悟意义,文字这类痕迹便不再重要。

① "昔仲长"数句,仲长统曾说过,希望拥有位于高山流水旁的良田广宅;应璩给程文信的书札中曾提到,希望有南临洛水、北依邙山的道田,园宅以崇山叠岭为依托,以茂密的林木为荫庇。他们所希求的地势形貌片面而不周全。

谢灵运自注:仲长子云,欲使居有良田广宅,在高山流川之畔,沟池自环,竹木周布,场圃在前,果园在后。应璩《与程文信书》云,故求道田在关之西,南临洛水,北据邙山,托崇岫以为宅,因茂林以为荫。谓二家山居不得周员之美。

徽之观。徒形域之荟蔚,惜事异于栖盘。① 至若凤、丛二台,云梦、青丘、漳渠、淇园、橘林、长洲,虽千乘之珍苑,孰嘉遁之所游。且山川之未备,亦何议于兼求。②

① "铜陵"数句,深奥的铜陵,临邛卓氏看重的是其中林木的经济价值;美丽的金谷园,石崇致意的是其间音乐递奏的盛况。它们徒然成为某一繁华之域,可惜其事有异于栖息盘遁。

钛(pī):古代一种农具。揽(guī):据传木材可以做弓的一种树木。

荟蔚:繁华。

谢灵运自注:扬雄《蜀都赋》云"铜陵衍"。卓王孙采山铸铜。故《汉书·货殖传》云:"卓氏之临邛,公擅山川。"扬雄《方言》:"梁、益之间,裁木为器曰钛,裂帛为衣曰揽。"金谷,石季伦之别庐,在河南界,有山川、林木、池沼、水碓。其镇下邳时,过游赋诗,一代盛集。谓二地虽珍丽,然制作非栖盘之意也。

② "至若"数句,至于像凤、丛二台,云梦、青丘、漳渠、淇园、橘林、长洲,虽是帝子王孙诸侯们珍贵的苑囿,岂是高蹈远遁之士行游之处?况且,山川如果未能齐备,又何必营求其并具呢?

千乘:周制国家有事,诸侯出车千乘,故以千乘为诸侯的代称。战国时称诸侯国小者为千乘,大者为万乘。

谢灵运自注:凤台,秦穆公时秦女所居,以致箫史。丛台,赵之崇馆。张衡谓:"赵筑丛台于前,楚建章华于后。"楚之云梦,大中□居《长饮赋》:"楚灵王游云梦之中,息于荆台之上。前方淮之水,左洞庭之波,右顾彭蠡之涛,南望巫山之阿,遂造章华之台。"亦见诸史。淮南青丘,齐之海外,皆猎所。司马相如云:"秋田乎青丘,彷徨乎海外。"漳渠,史起为魏文侯所起溉水之所。淇园,卫之竹园,在淇水之澳,诗人所载。橘林,蜀之园林,扬子云《蜀都赋》亦云"橘林",左太冲谓"户有橘柚之园"。长洲,吴之苑囿,左亦谓"长洲之茂苑",因江海洲渚以为苑囿。□□□□□□□□,故□表此园之珍静。千乘谨嬉之所,非幽人憩止之乡,且山川亦不能兼茂,随地势所遇耳。

览明达之抚运,乘机缄而理默。指岁暮而归休,咏宏徽于刊勒。狭三闾之丧江,矜望诸之去国。选自然之神丽,尽高栖之意得。①

　　仰前哲之遗训,俯性情之所便。奉微躯以宴息,保自事以乘闲。愧班生之夙悟,惭尚子之晚研。年与疾而偕来,志乘拙而俱旋。谢平生于知游,栖清旷于山川。②

① "览明达"数句,览观明智睿达的人(祖父)顺应时运,依天地闭藏之理归于无为。指定年老时归隐家园,伟业见咏于雕刻的碑文。三闾大夫屈原投江自杀难免狷狭,望诸君乐毅离燕降赵令人同情。(祖父)选择自然中神异美丽之处,得偿隐居之愿。

览:观。明达:明智睿达。抚运:顺应时运。乘:依凭。机缄:闭藏。理默:寂然无为。归休:退隐。《尚书》有"恭默思道",嵇康《幽愤诗》有"古人有言,善莫近名。奉时恭默,咎悔不生。"出自《庄子·天运》:"孰主张是?孰维纲是?孰居无事推而行是?意者其有机缄而不得已邪?"宏徽:伟业。刊勒:雕刻碑文。狭三闾之丧江:指三闾大夫屈原投江自沉事。矜望诸之去国:述望诸君乐毅为燕破齐后,遭反间而畏诛降赵事,见《史记·乐毅列传》。尽:极尽。高栖:高蹈隐居。意得:意愿得偿。

谢灵运自注:余祖车骑,建大功淮、肥,江左得免横流之祸。后及太傅既薨,远图已辍,于是便求解驾东归,以避君侧之乱。废兴隐显,当是贤达之心,故选神丽之所,以申高栖之意。经始山川,实基于此。

② "仰前哲"数句,上遵祖父遗下的训示,下从自己性情之所安。用宴乐休息侍奉自己微贱的身躯,趁安静守护好自己的内心。平生未尝染世的班嗣和晚年方始追求肆意遨游的尚平,都令我自感惭愧。年衰疾至,志寡求拙。辞别生平知心好友,栖居在清旷的山川中。

仰:遵。前哲:先贤,这里指祖父谢玄。遗训:遗留下来的(转下页)

……

尔其旧居,曩宅今园。枌槿尚援,基井具存。曲术周乎前后,直陌蠡其东西。岂伊临溪而傍沼,乃抱阜而带山。考封域

(接上页) 训示。俯:上对下行动的敬辞。便:安。奉:供奉。宴息:宴乐休息,《易·随卦》象辞有"君子以向晦入宴息"语。保:守护。自事:出自《庄子·人间世》"自事其心",意为奉养好自己的内心。闲:安静。班生:即班嗣,班固伯父。据《汉书·叙传》载,嗣虽修儒学,然贵老庄之术。桓生欲借其书,嗣报曰:"若夫严子者,绝圣弃智,修生保真,清虚澹泊,归之自然,独师友造化,而不为世俗所役者也。渔钓于一壑,则万物不奸其志;栖迟于一丘,则天下不易其乐。不绁圣人之罔,不嗅骄君之饵,荡然肆志,谈者不得而名焉,故可贵也。今吾子已贯仁谊之羁绊,系名声之缰锁,伏周、孔之轨躅,驰颜、闵之极挚,既系挛于世教矣,何用大道为自眩曜?昔有学步于邯郸者。曾未得其仿佛,又复失其故步,遂匍匐而归耳!恐似此类,故不进。"嗣之行己持论如此。尚子:即尚平,当为"向子平",据《高士传》,向长,字子平,河内朝歌人也。隐居不仕,性尚中和,好通《老》《易》。贫无资食,好事者更馈焉,受之,取足而反其余。王莽大司空王邑辟之连年,乃至。欲荐之于莽,固辞乃止。潜隐于家,读《易》至"损益卦",喟然叹曰:"吾已知富不如贫,贵不如贱,但未知死何如生耳?"建武中,男女娶嫁既毕,敕断家事,勿相关,当如我死也!于是遂肆意与同好北海禽庆,俱游五岳名山,竟不知所终。旋:同时进行。谢:辞别。

谢灵运自注:谓经始此山,遗训于后也。性情各有所便,山居是其宜也。《易》云:"向晦入宴息。"庄周云:"自事其心。"此二是其所处。班嗣本不染世,故曰夙悟;尚平未能去累,故曰晚研。想迟二人,更以年衰疾至,志寡求拙曰乘,并可山居。曰与知游别,故曰谢平生;就山川,故曰栖清旷。

之灵异,实兹境之最然。葺骈梁于岩麓,栖孤栋于江源。敞南户以对远岭,辟东窗以瞩近田。田连冈而盈畴,岭枕水而通阡。①

阡陌纵横,塍埒交经。导渠引流,脉散沟并。蔚蔚丰秫,苾苾香秔。送夏蚤秀,迎秋晚成。兼有陵陆,麻麦粟菽。候时觇节,递藝递熟。供粒食与浆饮,谢工商与衡牧。生何待于多资,理取足于满腹。②

① "尔其旧居"数句,至于旧居,往日住所,今日庄园。白榆和木槿尚攀援成篱笆,墙基和水井依然具在。弯曲的小路周绕前后,长而直的阡陌位于东西。不仅临近溪涧,依傍池沼,还环绕或连带着山峦。考察疆域之内,这片地方确属最神异灵奇之处。山脚下修葺着相连的房梁,江水发源处栖居着独栋房屋。南门敞开可以面对远处的山岭,东窗打开可以看见近处的田地。田连山岗,满目尽是耕地,岭近水源,田间道路相通。

尔其:连词,表示承接,辞赋中常用作更端之词,犹言至于、至如。曩:以前。枌槿:榆树和木槿。援:攀援。具存:具在。曲术:弯曲的小路。直陌:笔直的道路。蠹:长直貌。岂伊:岂但,不只。抱:围绕,环绕。考:查考,审查。封域:疆域,领地。葺:修理房屋。骈梁:相连的房梁。栖:栖居。辟:开启。瞩:看见。畴:耕地。"田连冈而盈畴,岭枕水而通阡"两句形容可耕的田地广阔。

谢灵运自注:葺室在宅里山之东麓。东窗瞩田,兼见江山之美。三间故谓之骈梁。门前一栋,枕巇上,存江之岭,南对江上远岭。此二馆属望,殆无优劣也。

② "阡陌纵横"数句,田间小路南北东西交错,田埂交叉。疏通水渠引水,水道分流,沟渠合并。高粱茂盛,香粳馥郁。送走夏天（转下页）

自园之田,自田之湖。泛滥川上,缅邈水区。浚潭涧而窈窕,除菰洲之纤余。毖温泉于春流,驰寒波而秋徂。风生浪于兰渚,日倒景于椒途。① 飞渐榭于中沚,取水月之欢娱。旦延阴

(接上页)时早早结穗,迎接秋天时晚些成熟。山陵与平地漫布麻、麦、粟、菽等粮作物。观察时节,交替种植,轮流成熟。食物和浆饮自给自足,无须工商交易和山林畜牧官守。生命无须过多蓄积,饱腹知足是事理所在。

阡陌:田间小路。塍埒(liè):田埂。交经:交错。导渠:疏通水渠。蔚蔚:茂盛的样子。丰秫(shú):丰盛的高粱米。"秫",一作"秋",今据《嘉泰会稽志》卷二十。苾苾(bì):香气浓郁。香秔(jīng):即香粳,有香味的粳米。蚤:通"早"。候:观望,侦查。觇(chān):暗中察看。"觇",一作"占"。递:轮流。艺(yì):种植。粒食:本指以谷物为食,后常泛指粮食。浆饮:以某些植物的浆汁为饮料。衡牧:林衡与牧正,古代掌山林与畜牧之官。待:需要。资:蓄积。取足于满腹:出自《庄子·逍遥游》:"鹪鹩巢于深林,不过一枝;偃鼠饮河,不过满腹。"后遂以"饮河满腹"比喻人应知足,贪多无益。

谢灵运自注:许由云:"偃鼠饮河,不过满腹。"谓人生食足则欢有余,何待多须邪?工商衡牧似多须者,若少私寡欲,充命则足,但非田无以立耳。

① "自园之田"数句,从庭园行到田畴,从田畴来到湖上。水势盛大,川流长远。疏通条条溪涧,使它们幽深而长;修整片片菰洲,令它们宛转逶迤。温泉从春流中涌出,秋日在寒波疾驰中逝去。兰渚风生浪起,椒途白日倒影。

泛滥:水势盛大,横流漫溢。川上:河流。缅邈:长远,遥远。水区:河川。谢灵运《登江中孤屿》诗有"想像昆山姿,缅邈区中缘"语。浚:疏通,疏凿。窈窕:深远。除:修治,修整。菰:多年生草 (转下页)

而物清,夕栖芬而气敷。顾情交之永绝,觊云客之暂如。①

……

爰初经略,杖策孤征。入涧水涉,登岭山行。陵顶不息,穷泉不停。栉风沐雨,犯露乘星。② 研其浅思,罄其短规。非龟非

(接上页) 本植物,一般生长在河道水浅近岸处,嫩茎称"茭白""蒋",果实称"菰米""雕胡米"。纡余:曲折宛转。毖:假借为"泌"。泉水涌流的样子。《诗·邶风·泉水》有"毖彼泉水"句。左思《魏都赋》有"温泉毖涌而自浪"句。驰:疾行。徂:逝去,过去。兰渚:水中小洲的美称。椒途:芳气弥漫的道路。曹植《洛神赋》有"践椒途之郁烈"语。

① "飞渐榭"数句,台榭在水中小洲上临空飞架,可以获致水月欢娱。白昼纳凉,物色清幽,夜幕降临,各种芬芳氤氲弥散。环视周遭,生平知交长绝,盼望能有高尚隐逸之士到来。

飞:形容架在空中的形状。渐榭:水边的台榭。渐榭一词当从"渐台"演变而来,渐台原是星名,《隋书·天文志上》:"东足四星曰渐台,临水之台也。"汉武时建章宫太液池中有渐台,高二十余丈,台址在水中。中沚:水中的小洲。顾:环视。情交:交游。觊:盼望得到。云客:云游隐逸之高士。暂:始,初。如:到。

谢灵运自注:此皆湖中之美,但患言不尽意,万不写一耳。诸涧出源入湖,故曰浚潭涧。涧长是以窈窕。除菰以作洲,言所以纡余也。

② "爰初经略"数句,在经营山居之初,我曾独自拄杖远行。徒步蹚过溪涧,翻越山岭。即使登上顶峰,穷尽山泉,仍未止息。风雨频经,霜露常犯,戴月披星。

经略:经营谋划。策:拄杖。陵:登。栉风沐雨:又称沐雨栉风,指历经风雨,劳苦奔波。《庄子·天下》谓:"禹亲自操橐耜,而九杂天下之川,腓无胈,胫无毛,沐甚雨,栉疾风。"汉魏以来多用以形容在上位者不畏辛苦,为民请命,如曹丕《黎阳作》"载驰载驱,沐雨栉风"。犯露乘星:形容辛苦奔波。刘向《新序》有"不远千里之外,犯霜露,冒尘垢"语。

筮,择良选奇。翦榛开迳,寻石觅崖。四山周回,双流逶迤。① 面南岭,建经台;倚北阜,筑讲堂;傍危峰,立禅室;临浚流,列僧房。对百年之乔木,纳万代之芬芳。抱终古之泉源,美膏液之清长。② 谢丽塔于郊郭,殊世间于城旁。欣见素以抱朴,果甘露于道场。③

……

① "研其浅思"数句,思虑虽浅,却经过深究,计谋虽短,但尽心竭力了。择选佳好奇异之所,无须依赖龟筮占卜。翦除榛莽,开辟蹊径,在石头和山崖间寻寻觅觅。四周山岩环绕,成对成双的溪流曲折蜿蜒。

研:探究。《后汉书·班彪传》有"潜精研思"句。罄:用尽。规:谋划。"浅思"与"短规"是作者对自己探究的想法和使用的法度表示谦虚之语。非龟非筮:自汉代以来择宅一般均用龟甲、筮草占卜吉凶,此处作者表示无须龟、筮占卜吉凶,便能够选择佳好奇异之所。周回:环绕。逶迤:曲折蜿蜒。

② "面南岭"数句,面朝南岭,建造诵经之台;背倚北阜,营筑讲经之堂;依傍陡峭的山峰,建立禅室;挨靠湍急的溪流,排列僧人房舍。与百年乔木(朝夕)相对,享受着它们久远以来的芬芳。终古流淌的泉源环绕周围,令人赞叹它们清长的沾溉润泽。

经台:用来进行讽诵讲论佛经的平台。危:陡,高。禅室:佛教徒宴坐习静之房。浚:急。僧房:佛教徒栖息居止之屋舍。乔木:指松树、柏树一类枝干高大而有主干的树木。纳:享受。抱:环绕。膏液之清长:指泉源溉润清且长。按,左思《蜀都赋》有"沟洫脉散,疆里绮错。黍稷油油,粳稻莫莫。指渠口以为云门,洒滮池而为陆泽。虽星毕之滂遝,尚未齐其膏液"语,写蜀地沟洫滮池水流溉润广远。谢灵运此处当是用来形容始宁山居中泉源充沛。

③ "谢丽塔"数句:(始宁山居虽)逊于郊郭美丽的塔寺,异于城旁熙攘的世间。(却)欣喜其既有道家所谓的本真淳朴之义,也适 (转下页)

若乃南北两居,水通陆阻。观风瞻云,方知厥所。① 南山则夹渠二田,周岭三苑。九泉别涧,五谷异巘。群峰参差出其间,连岫复陆成其坂。众流溉灌以环近,诸堤拥抑以接远。远堤兼陌,近流开湍。凌阜泛波,水往步还。还回往匝,枉渚员峦。呈美表趣,胡可胜单。② 抗北顶以葺馆,瞰南峰以启轩。罗曾崖于

(接上页)宜静修佛教涅槃之旨。

  谢:逊,不如。谢丽塔于郊郭,殊世间于城傍:此赋开篇作者曾辨析岩栖、山居、丘园、城傍四种栖居方式,云"在郊郭曰城傍",文中"谢""殊"正说明其山居迥异于闹热之城傍。欣见素以抱朴:欣喜于现其质素本真,守其淳朴。《道德经》"见素抱朴,少私寡欲"。果甘露:即甘露果,意指涅槃,《大智度论》有"甘露果者是涅槃"之语。道场:或谓佛成圣道之处,或谓学道之处。《注维摩经》:"肇曰:闲宴修道之处,谓之道场也。"果甘露于道场:指始宁山居适合静修涅槃之道。

  据谢灵运这段赋文自注:"云初经略,躬自履行,备诸苦辛也。罄其浅短,无假于龟筮。贫者既不以丽为美,所以即安茅茨而已。是以谢郊郭而殊城傍。然清虚寂寞,实是得道之所也。"可知这节文字中作者主要想叙述自己身体力行参与始宁山居营造之事,备尝各种艰辛,终于成此闲宴修道的清虚之居。

① "若乃"数句,至于南、北二山两处居所,途路阻隔,水路畅通。察看风、云才能辨知居所位置。

  若乃:至于。南北两居:指南、北二山居所。

② "南山"数句,南山有沟渠相夹的两片田地和峰岭环绕的三处苑囿,九条山泉分注涧中,五条山谷隔开峰岭。其中有参差不齐的群峰,以及重峦叠嶂形成的山坡。近处众流环绕,以作灌溉,诸所堤坝阻遏远来的洪水。田野与远堤相接,湍流从近流驶河。登山泛水,水(转下页)

户里,列镜澜于窗前。因丹霞以赪楣,附碧云以翠椽。视奔星之俯驰,顾□□之未牵。鹍鸿翻翥而莫及,何但燕雀之翩翾。① 汍泉傍出,潺湲于东檐;桀壁对峙,硈砎于西霤。修竹葳蕤以翳荟,灌木森沈以蒙茂。萝曼延以攀援,花芬薰而媚秀。日月投光于柯间,风露披清于崿岫。② 夏凉寒燠,随时取适。阶

(接上页)道出发,途路返回。往还所经水陆曲折盘绕,触目尽是弯曲之渚和圆滑峰峦。其间所呈现的美好妙趣,是言语无法穷尽的。

九泉:一般指地下最深处的黄泉,联系上下文,作者此处虚指山泉之多。别:分离,分出。㠜:峰岭。参差:不齐。岫:峰峦。复陆:重叠。坂:山坡。拥抑:阻遏。湍:急流的水。阜:山。回:曲折。匝:环绕。枉渚:弯曲之渚。胡:何。胜:尽。

① "抗北顶"数句,在北山极顶之处修葺馆室,开门便可望见南山之峰,重叠的山崖仿佛被包罗在门户里,明净的湖波陈列在窗前。门楣由于丹霞照映分外红艳,梁椽因为碧云相触分外鲜明。山顶馆室可以看到流星从上往下疾驶。鹍、鸿一类大鸟振翼高飞都无法企及,何况是燕雀一类小鸟轻飞。

抗:极。葺:修葺。瞰:远望。罗:包罗。曾崖:重叠的山崖。镜澜:明净的波澜。赪:红。奔星:流星。翻翥:振翼高飞。翩翾:轻飞。

② "汍泉傍出"数句:一旁涌出的泉水在东檐侧慢慢流动,对峙的峭壁隆起于西侧屋檐承溜处。修竹枝叶繁盛,灌木茂密幽深。藤萝四处延展攀援,鲜花芬芳袭人,娇美秀丽。日月之光从枝柯间投射进来,风露清气在山湾处弥散。

汍泉:从旁边涌出的泉水。潺湲:水慢慢流动的样子。桀壁:峭壁。硈砎:岩石隆起貌。西霤:四注屋西侧的屋檐承溜处。葳蕤:草木茂盛,枝叶下垂的样子。翳荟:草木繁盛,可为障蔽。森沈:林木繁茂幽深。蒙茂:茂密。曼延:即蔓延,向四周延伸。芬薰:(转下页)

基回互,橑桄乘隔。此焉卜寝,玩水弄石。迻即回眺,终岁罔斁。伤美物之遂化,怨浮龄之如借。眇遁逸于人群,长寄心于云霓。①

据沈约《宋书》卷六七,北京:中华书局,1974 年,第 1754—1767 页。个别讹误字据《七十二家集》《嘉泰会稽志》等改正。

(接上页)芬芳香气。媚秀:娇美秀丽。投:投射。柯:树枝。披:散开。崲:山的弯曲之处。

① "夏凉寒燠"数句,夏日凉爽,冬天暖和,无论何时都很适宜。台阶宛转,屋橑和窗格绮错交互。选择此处作为寝处之所,玩水赏石。回望近处,终年不厌。感伤美好事物终究迁变,怨怅年华短暂如同借来。隐遁在远离人群的地方,长久将心寄托在云霓之上。

燠:暖。阶基:台阶。回互:曲折宛转。橑:屋橑。桄:窗格。乘:交错,绮错。卜:选择。罔斁:不厌倦。遂:终于。怨:恨,怨怅。浮龄:有生之年,年华。眇:远。遁逸:避世隐居。寄心:寄托心意。云霓:高空。

谢灵运自注:南山是开创卜居之处也。从江楼步路,跨越山岭,绵亘田野,或升或降,当三里许。途路所经见也,则乔木茂竹,缘畛弥阜,横波疏石,侧道飞流,以为寓目之美观。及至所居之处,自西山开道,迄于东山,二里有余。南悉连岭叠鄣,青翠相接,云烟霄路,殆无倪际。从迳入谷,凡有三口。方壁西南石门世□南□池东南,皆别载其事。缘路初入,行于竹迳,半路阔,以竹渠涧。既入东南傍山渠,展转幽奇,异处同美。路北东西路,因山为障。正北狭处,践湖为池。南山相对,皆有崖岸。东北枕壑,下则清川如镜,倾柯盘石,被隩映渚。西岩带林,去潭可二十丈许,葺基构宇,在岩林之中,水卫石阶,开窗对山,仰眺曾峰,俯镜浚壑。去岩半岭,复有一楼,回望周眺,既得远趣,还顾西馆,望对窗户。缘崖下者,密竹蒙迳,从北直南,悉是竹园。东西百丈,南北百五十五丈。北倚近峰,南眺远岭,四山周回,溪(转下页)

明·仇英《春山吟赏图》,藏台北故宫博物院。

(接上页)涧交过,水石林竹之美,岩岫隈曲之好,备尽之矣。刊剪开筑,此焉居处,细趣密玩,非可具记,故较言大势耳。越山列其表侧傍缅□□为异观也。

谢灵运

游名山志序①

　　夫衣食,人生之所资;山水,性分之所适。今滞所资之累,拥其所适之性耳。俗议多云,欢足本在华堂,枕岩漱流者,乏于大志,故保其枯槁。② 余谓不然,君子有爱物之情,有救物

① 顾绍柏先生(《谢灵运集校注》,台北:里仁书局,2004年,第397—398页。)认为,此志并非作于一时一地,从现存数则来看,大体始于宋武帝永初三年(422)冬,迄于宋文帝元嘉九年(432),所记包括永嘉郡(今浙江温州市)、东阳郡(今浙江金华市)、会稽郡(今浙江绍兴市)、临川郡(今江西抚州市)等广大地域的名山胜水,可与谢灵运的山水诗赋相参证。志中小标题为顾先生所加。
② "夫衣食"数句,衣服饮食,是人所赖以生存的;山水,是人天性相合的。现今我要摆脱外部牵累,护卫适己的本性。俗间议论大多认为,欢乐满足本存在于华丽的堂屋,隐居山林之人由于缺乏远大的志向,才一味维护憔悴其容的生活。
资:凭借,依赖。性分:天性,本性。滞:遗落。累(lèi):牵累。拥:护卫。枕岩漱流:同"枕石漱流",指隐居山林。保:保持,维持。枯槁(gǎo):形容憔悴,出自《庄子·外篇·刻意》:"刻意尚行,离世异俗,高论怨诽,为亢而已矣,此山谷之士,非世之人,枯槁赴渊者之所好也。"

之能,横流之弊,非才不治,故时有屈己以济彼。岂以名利之场,贤于清旷之域邪!① 语万乘则鼎湖有纵辔,论储贰则嵩山有绝控。又陶朱高揖越相,留侯愿辞汉傅。推此而言,可以明矣。②

据严可均《全宋文》卷三三,北京:中华书局,1958 年,第 2616 页。

① "余谓不然"数句,我认为情况并非如此,君子有爱惜他人的情怀,有拯救苍生的才能,社会动荡不安的弊害,必须有才之人方能治理,因此(他们)常常压抑自己的天性而去救助他人。哪里是认为名利之场胜过清朗空旷的山水之境呢?

物:自己以外的人。横流:本指水到处满溢的样子,后用来比喻灾祸、动乱。横流之弊,非才不治:或出自孔融《荐祢衡表》"臣闻洪水横流,帝思俾乂,旁求四方,以招贤俊"等句。时:常常。屈:压抑。济:帮助,救助。贤:胜过。

② "语万乘"数句,论及天子,则有黄帝在鼎湖飞升的传说;论及太子,则相传浮丘公接引周灵王太子王子乔上嵩高山。又有陶朱公范蠡和留侯张良分别辞掉越相和汉傅等事迹。由这些事情推类而言,便可以明了(名利之场非必胜过清旷之域的道理)。

语万乘则鼎湖有纵辔:刘向《列仙传》载"黄帝"事:"黄帝者,号曰轩辕。……仙书云:黄帝采首山之铜,铸鼎于荆山之下,鼎成,有龙垂胡髯下迎帝,乃升天。群臣百僚悉持龙髯,从帝而升,攀帝弓及龙髯,拔而弓坠,群臣不得从,望帝而悲号。故后世以其处为鼎湖。"语:论。万乘:周制,天子地方千里,兵车万乘,后世因称天子为"万乘"。论储贰则嵩山有绝控:《列仙传》载王子乔事:"王子乔者,周灵王太子晋也。好吹笙,作凤凰鸣。游伊洛之间,道士浮丘公接以上嵩高山。"(转下页)

明·董其昌《山水》,藏北京故宫博物院。

(接上页)储贰:太子。陶朱高揖越相:指《吴越春秋》勾践二十四年载范蠡辞越王事。高揖:双手抱拳高举过头作揖,古人辞别的礼节。留侯愿辞汉傅:《史记·留侯世家》载张良"为帝王师,封万户,位列侯"之后"愿弃人间事,欲从赤松子游耳"。

谢灵运

归　途　赋

此赋现存文本收录于《艺文类聚》卷二七《人部·行旅》，由赋《序》"量分告退，反身草泽"及赋正文"褫簪带于穷城，反巾褐于空谷""时旻秋之杪节"等语，可推此赋盖作于宋少帝景平元年(424)秋谢灵运离永嘉归始宁之时。依《类聚》节录作品的性质特征，此赋当为残篇，很可能仅占原文很小一部分。但就是在这段残缺的赋中，我们还是可以清晰看出其结构已包括了议论、叙事、写景、议论，而这正是谢灵运山水诗较常用的结构。这段赋中景物描写篇幅较长，可见谢灵运创作"繁富"特点之一斑。

谢灵运的赋体作品对其山水诗的结构、意象等方方面面的影响甚大，如《归途赋》这样的行旅赋与其山水诗之间的对应关系尤为明显。受周勋初先生《论谢灵运山水文学的创作经验》①一文做法的启发，本书也尝试将这篇赋的正文部分略换几个字词并改变一下句序，将其变成一首不太严格的五言诗：

　　　　百世承庆灵，千载惠优渥。康衢匪难践，跬步谅易局。推换践

---

① 葛晓音编选：《谢灵运研究论集》，桂林：广西师范大学出版社，2001年版，第156—172页。

寒暑,缅邈眷桑梓。穷城褫簪带,空谷反巾褐。愿言归期果,思乐素念获。舟人方告办,伫楫已在川。观鸟谨候风,望景斯测圆。背海始向溪,乘潮以傍山。凄凄送客归,愁愁吾告旋。旻秋暨杪节,天高万物衰。云腾群雁翔,霜下百草腓。旋舍阴漠浦,又去阳景蕤。乘风林飘落,鉴月水含辉。远发青田渚,迩逗白岸亭。威夷路诡状,侧背山异形。舟停聊淹留,缙云搜遗迹。泛漾百里潭,漫见千仞石。古今历长在,盛衰终不易。

经过这样一转换,谢灵运山水诗的形模已全具了。除了炼字琢句和文字剪裁不足外,大量地模写山水,且模写时顺着行进的路线依次描写,议论、叙事、写景、抒情、写景、议论,诸种表现手法交织进行的结构,均表现出了他山水诗歌的基本轮廓。

昔文章之士，多作行旅赋。或欣在观国，或怵在斥徙，或述职邦邑，或羁役戎陈。事由于外，兴不自己。虽高才可推，求怀未惬。今量分告退，反身草泽。经途履运，用感其心。赋曰：①

承百世之庆灵，遇千载之优渥。匪康衢之难践，谅跬步之易局。践寒暑以推换，眷桑梓以缅邈。褫簪带于穷城，反巾褐于空谷。果归期于愿言，获素念于思乐。②

① "昔文章之士"数句，以前的文章著述之人，多有写作行人旅途一类的赋者。有的欣悦于得以观察国情，有的恐惧于被斥逐远徙，有的是向封地陈述职守，有的是羁旅行役于军伍。起兴都缘于外在的原因，不在自己。（他们）虽可被推许为高才，但这些作品无法畅抒衷情。如今我量己省分，辞官退隐，归于乡野。因自己所历的行程和遭逢的时运，触动了内心。赋的正文如下。

行旅：旅途。"昔文章之士，多作行旅赋。或欣在观国，或怵在斥徙，或述职邦邑，或羁役戎陈"，指谢灵运之前已蔚为大观的文人行旅赋创作，如刘歆《遂初赋》、班彪《北征赋》、曹大家即班昭《东征赋》、蔡邕《述行赋》、潘岳《西征赋》等。怵（chù）：恐惧。述职：述所职也，古时诸侯向天子或下级向上级陈述职守。邦邑：封地。羁役：羁旅行役。戎陈：军伍、战阵。兴：起兴。推：推许，推崇。怀：情意，心意。惬：舒畅。量分（liàng fēn）：即量己省分，估量自己，省察本分。草泽：乡野民间。用：因。感：触动，感动。

② "承百世之庆灵"数句，我蒙受先人百代的积善与福荫，幸遇千年难得的优厚的待遇。不是康庄大道难以践履，确实是我自己举步容易局促。经过寒来暑往的推移变换，我眷恋远方的故乡。在这个偏远的永嘉城我脱下官服，恢复空谷隐士的服饰。实现曾经许下的愿归之（转下页）

于是舟人告办,伫楫在川。观鸟候风,望景测圆。背海向溪,乘潮傍山。凄凄送归,悠悠告旋。①

时旻秋之杪节,天既高而物衰。云上腾而雁翔,霜下沦而草腓。舍阴漠之旧浦,去阳景之芳蕤。林乘风而飘落,水鉴月而含辉。②

(接上页)言,获致平生希求的念想。

承:蒙受。庆灵:先人的积善与福荫。优渥:优厚的待遇。匪:假借为"非",不。康衢:康庄大道。(难)践:践履。谅:信,诚。跬步:本指半步,引申指举步。局:局促。践(寒暑):经历。推换:推移变换。眷:思慕,眷恋。桑梓:古人常在屋旁种植桑树和梓树,后以"桑梓"比喻故乡。缅邈:遥远。褫(chǐ):脱去,解下。簪带:冠簪与绶带,古代官服。穷城:偏远之城,此处指永嘉。巾褐:头巾和褐衣,古代平民服饰。空谷:空寂的山谷,常指幽居之地。果:实现。愿言:所愿之言。素念:平生的念想。思乐:愿求,出《诗经·泮水》"思乐泮水,薄采其芹"等语。

① "于是舟人告办"数句,于是船夫告知准备妥当,船只在水里待命。观测鸟儿和风向,望日光测天时。离开海边,沿着小溪,顺着潮水,傍着山川。凄凉送行,远远辞归。

伫楫:停留船桨,指船停止。候:观测。景:日光。圆:指天,古人认为天圆地方。凄凄:凄凉寒冷的样子。《诗经·小雅·四月》:"秋日凄凄,百卉具腓。"悠悠:悠远貌。旋:归。

② "时旻秋之杪节"数句,时当秋末,天空高远明朗,万物凋零。云上升,雁飞翔,霜下降,草枯萎。舍弃阴暗的旧浦,到阳光下鲜花盛开的地方去。林木叶片随风飘落,水因月光照射而蕴含光辉。

旻秋:秋天。杪(miǎo)节:节候之末。衰:凋零。沦:降落。腓(féi):枯萎。阴漠:阴暗。阳景:阳光。芳蕤:盛开芬芳的花。鉴:照。

发青田之枉渚,逗白岸之空亭。路威夷而诡状,山侧背而易形。停余舟而淹留,搜缙云之遗迹。漾百里之清潭,见千仞之孤石。历古今而长在,经盛衰而不易。①

据《艺文类聚》卷二七,上海:上海古籍出版社,1999年,第494页。

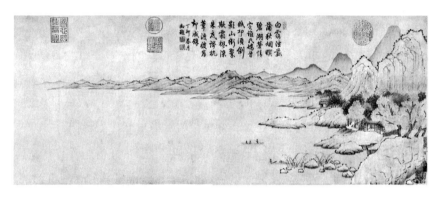

元·钱选《秋江待渡图》,藏北京故宫博物院。

① "发青田之枉渚"数句,从青田山旁的弯曲之渚出发,在白石河边的空亭逗留。途路凌夷奇诡,山峦侧面和背面看起来形状迥异。我住船在此逗留一段时间,搜求缙云山黄帝升仙后遗留下来的痕迹。泛舟于百里长的清潭中,见到千仞高的孤耸的石头。唯有这孤高耸立的石头,经历古今的时间变化和人世盛衰,依然屹立在缙云山中。
青田:即青田山,今浙江省青田县西北。枉渚:弯曲之渚。逗:逗留,停留。白岸:白色涧石密布的河岸或湖岸。威夷:凌夷,迂远貌。侧背:侧面和背面。淹留:逗留,中途停留。缙云之遗迹:即轩辕黄帝在缙云山得道升仙后遗留下来的痕迹。缙云山相传是黄帝炼丹之处,谢灵运《游名山志·东阳郡·缙云山》也曾提到黄帝在缙云升仙的传说:"凡此诸山多龙须草,以为攀龙髯而坠,化为此草。又有孤石,从地特起,高三百丈,以临水,绵延数千峰,或如莲花,或似羊角之状。"漾:泛,荡。

盛弘之

荆州记(节选)

盛弘之(生卒年不详),南朝刘宋人。生平不详。据现代学者考证,他于宋文帝元嘉十四年(437)撰成《荆州记》。《水经注·江水二》常被人称引的一段描述"巫峡"的文字,"其间首尾百六十里,谓之'巫峡',盖因山为名也"之后一节,实出自盛弘之该书。《荆州记》大约于唐宋时期便已亡佚,清人王谟辑佚共得两百多条。

自三峡七百里中,两岸连山,略无阙处。重岩叠嶂,隐天蔽日。自非停午夜分,不见曦月。至于夏水襄陵,沿溯阻绝。或王命急宣,有时朝发白帝,暮到江陵,其间千二百里,虽乘奔御风,不以疾也。① 春冬之时,则素湍绿潭,回清倒影。绝巘多生怪柏,悬泉瀑布,飞漱其间,清荣峻茂,良多趣味。每至晴初霜旦,林寒涧肃,常有高猿长啸,属引凄异,空谷传响,哀转久绝。故渔者歌曰:"巴东三峡巫峡长,猿鸣三声泪沾裳!"②

　　据清王谟辑本盛弘之《荆州记》(《汉魏遗书钞》),部分文字据习美林《清王谟辑本盛弘之〈荆州记〉佚文溯源及相关记载勘误之一》(国家方志馆编《中国方志馆研究》,第116—118页)改正。

① "自三峡七百里中"数句,三峡七百里中,两岸均是山连山,全无空缺之处。重重叠叠的岩嶂,遮天蔽日。如若不是正午夜半,见不着日月。到夏天水势浩大,漫过山陵时,无论顺流还是逆流,都被阻断。有时需要紧急传宣天子命令,清早从瞿塘峡口的白帝城驾船出发,傍晚便能到达江陵,其间一千二百里,即使乘快马甚至乘风飞行,速度都无法比驾船更快。
三峡:瞿塘峡、巫峡、西陵峡的合称,地处长江上游,介于重庆、湖北之间,长七百里。略:全。阙:豁口,空缺。停午:即亭午,正午。夜分:半夜。曦月:日与月。襄陵:水势浩大,漫过山陵。《尚书·尧典》:"荡荡怀山襄陵,浩浩滔天。"沿溯:顺流或逆流。白帝:古城名,今重庆市奉节县东瞿塘峡口。江陵:位于今湖北荆州市江陵县。乘奔御风:乘着快马,驾御着风飞行,形容速度很快的样子。

② "春冬之时"数句,春冬时节,绿潭里激起洁白的水花,回转清澄,映出万物的影子。高峻的山峰上多生奇异的柏树,中有瀑布飞流(转下页)

北宋·王希孟《千里江山图》,藏北京故宫博物院。

(接上页)直下,水花泼溅,草木繁盛,特别富有趣味。每至雨后初晴或冬日清晨,山林溪涧一片寒冷肃杀,常有高大的猿猴发出长长的呼声,连续不断,凄惨悲凉,空荡的山谷中传出回响,音声哀凄婉转,久久才绝。因此渔人歌道:"巴东三峡巫峡长,猿鸣三声泪沾裳!"

回清:回转清澄。绝𪩘(yǎn):极高的山峰。悬泉:瀑布。飞漱:水花泼溅。晴初:雨后刚放晴的时候。霜旦:冬日清晨。林寒涧肃:山林和溪涧显出一片寒冷肃杀的样子。属引:连续不断。凄异:凄惨悲凉。哀转:声音哀凄婉转。

鲍　照

登大雷岸与妹书

　　鲍照(414—466)，字明远，东海(今山东临沂兰陵南)人。曾任秣陵令、中书舍人等职，因做过临海王刘子顼前军参军，世称"鲍参军"。有《鲍参军集》十卷。与其他六朝人别集多在明前亡佚不同，鲍照集有旧本流传比较久远。《四库全书总目提要》根据其时所见鲍照集"文章皆有首尾，诗赋亦往往有自序自注"，认为鲍照集虽为后人重辑，但是"与六朝他集从类书采出者不同，殆因相传旧本，而稍为窜乱欤"？(永瑢等：《四库全书总目》卷一四八《鲍参军集》提要，北京：中华书局，1965年，第1274页。)

　　鲍照在南朝以拟乐府之类诗歌出名，除了《河清颂》，其书信、赋等文字在唐代之前关注者较少。他的文学史地位，直到唐代李、杜等人的提倡才得以逐渐确立。清代以来的学人对鲍照推崇备至，一般称南朝骈文和小赋者，首举他的《登大雷岸与妹书》与《芜城赋》。

　　《登大雷岸与妹书》是鲍照一次行旅中途经大雷岸时写给妹妹鲍令晖的书札。钟嵘《诗品》记载："齐鲍令晖……歌诗往往崭绝清巧，拟古尤胜，唯《百愿》淫矣。照尝答孝武云：'臣妹才自亚于左芬，臣才不及太冲尔。'"唐陆龟蒙《小名录》载："鲍照字明远，妹字令晖，有才思，亚于明远，著《香茗赋集》行于世。"据这些载籍和鲍照书札，鲍照妹妹鲍令晖是一名才女，兄妹感情颇不一般，故鲍照才会于穷窘的行旅途中精心结撰这样一封篇幅较长的书信送给妹妹。

鲍照该书最为近世以来论者称道的是其融情于景的表现特点。钱锺书《管锥编》推崇该书不但"鲍文第一",也无愧"宋文第一",并对书札中融情于景的语句极尽赞扬:

"思尽波涛,悲满潭壑",按二句情景交融,《文心雕龙·物色》所谓:"目既往还,心亦吐纳"者欤。"波涛"取其流动,适契连绵起伏之"思",……"潭壑"取其容量,堪受幽深广大之"悲",……然波涛无极,言"尽"而实谓"思"亦不"尽";潭壑难盈,言"满"则却谓"悲"竟能"满"。二语貌同心异,不可不察尔。"若漈洞所积,溪壑所射"至"樵苏一叹,舟子再泣"一节,按足抵郭璞《江赋》,更饶情韵。《文选》采郭赋而弃此篇,真贻红纱蒙眼之讥,尚非不收王羲之《兰亭集序》可比也。

耐人寻味的是,对于钱先生和很多论者击节赞赏的鲍书体现情景交融的语句甚至段落,唐初类书《艺文类聚》选录该书时几乎尽数削落,如上引钱先生"若漈洞所积"以下一段,《类聚》所录文字仅存其十分之一左右。之所以删落这些文字,或许说明至少至《类聚》编撰的时代,尚未对后来论者日渐重视的鲍文融情于景的艺术特点产生兴趣。

玄、佛之学是晋宋之人亲近山水并创作山水文学的一个重要原因。无论玄学,还是佛学,除少数道教徒与僧人(其实当时不少教中人士出身并不一般),多为名士贵胄所专有。出身寒微的鲍照无由具备谢灵运等人所拥有的玄、佛修养,他眼中笔下的山水,既非名士们自诩"性分之所适"的清朗澄澈之境,也非客体可亲近对玩的山水,他所表现的山水中"倦游"甚至令人不适的情绪色彩很浓。

若将这篇《登大雷岸与妹书》与陶渊明《归去来兮辞》参看,便可见出鲍照山水的这种倾向。据陶《序》"寻程氏妹丧于武昌,情在骏奔,自免去职。仲秋至冬,在官八十余日。因事顺心,命篇曰《归去来兮》。乙巳岁十一月也"等语,陶《辞》作于晋安帝义熙二年冬作者因程氏妹去世而自免彭泽令一职,归于百里之外浔阳柴桑的家,按理说当比鲍照《登大雷岸与妹书》的秋日行旅更属于严寒"惨节",但是与鲍书主要写行旅艰辛迥异,陶《辞》不但未写旅途辛苦之事,其"舟遥遥以轻飏,风飘飘而吹衣。问征夫以前路,恨晨光之熹微"等语,给人感觉他很享受这次行程。

将鲍《书》与陶弘景《答谢中书书》中两段表现类似景象的文字对读,同样能见出鲍照山水中浓浓的悲苦情绪。

> 夕景欲沈,晓雾将合,孤鹤寒啸,游鸿远吟,樵苏一叹,舟子再泣。诚足悲忧,不可说也。(鲍照《登大雷岸与妹书》)
> 晓雾将歇,猿鸟乱鸣;夕日欲颓,沉鳞竞跃。实是欲界之仙都。(陶弘景《答谢中书书》)

由上述鲍《书》与陶渊明、陶弘景类似情境文字的对照,可以明显见出鲍照作品中为晚近学人特别看重的情景交融特点,但由南朝罕有人提及鲍照这类作品的文学接受现象,以及《艺文类聚》对《登大雷岸与妹书》的删节情况来看,鲍照这类作品在文学史上之升沉恐怕正因其浓重的主观色彩。

吾自发寒雨,全行日少,加秋潦浩汗,山溪猥至,渡泝无边,险径游历,栈石星饭,结荷水宿,旅客贫辛,波路壮阔,始以今日食时,仅及大雷。① 途登千里,日逾十晨,严霜惨节,悲风断肌,去亲为客,如何如何!②

向因涉顿,凭观川陆;遨神清渚,流睇方瞳;东顾五洲之隔,西眺九派之分;窥地门之绝景,望天际之孤云。长图大念,隐心者久矣!③

---

① "吾自发寒雨"数句,我自从冒着寒雨启程后,能够登途的完整日子不多,加上秋涝水势盛大,山中溪水大量泛滥,济渡航行漫无边际,行程中经历各种险难,山石权当作客栈,星星出来方吃上饭,以枯荷为(船儿的)连结,人宿在舟中,行旅之人贫乏艰辛,水路雄伟壮观。今日早餐时候,方才到达大雷口。
寒雨:深秋里寒冷的雨。秋潦(liáo):秋季水涝。浩汗:水势盛大的样子。山溪猥(wěi)至:从马融《长笛赋》"山水猥至"化出,《文选》李善注因《广雅》曰:"猥,众也。"栈石星饭:山石权当客栈,天黑星出方吃上饭。结荷水宿:以枯荷为(船儿的)连结,人宿在舟中。旅客:行旅之人。始:刚刚,才。食时:早餐时候。大雷:地名,位于今天的安徽省望江县。晋置大雷戍,刘裕讨卢循,自雷池进军大雷,即此。

② "途登千里"数句,行途超过千里,时间已过十天,凌冽的霜寒季节,凄厉的冷风冻裂肌肤,远离亲人作客异乡,无可奈何!
登、逾:意思均为超过。严霜:寒冷凌冽的霜。悲风:凄厉的寒风。去:离开。如何如何:无可奈何,怎么办。出自《诗经·秦风·晨风》:"未见君子,忧心钦钦/靡乐/如醉。如何如何,忘我实多!"

③ "向因涉顿"数句,之前凭借旅途止宿的机会,观赏山川大陆。神游清渚,斜目夕阳。东面顾看五洲之分隔,西面眺望长江九条支(转下页)

南则积山万状,负气争高,含霞饮景,参差代雄,凌跨长陇,前后相属,带天有匝,横地无穷。① 东则砥原远隰,亡端靡际。寒蓬夕卷,古树云平。旋风四起,思鸟群归。静听无闻,极视不见。② 北则陂池潜演,湖脉通连。苤蒿攸积,菰芦所繁。栖波之

(接上页) 流分合;近观大地上美好无比的风景,远望天边的孤云。我心里一直在审度久远宏大的计策和思考。

向:从前。涉顿:途旅止宿。凭:凭借。遨神:神游。流睇(dì):转目斜视。曛(xūn):日落时的余光。五洲:五洲位于安徽省无为县南的长江主航道北侧,由大沙包、太白洲等组成。九派:长江到湖北、江西、九江一带有九条支流,因以九派称这一带的长江,后也泛指长江。窥:观看。地门:古人谓大地的门户,亦泛称大地。绝景:绝佳风景。长图:久远之计。大念:远大的思考。隐心:审度,痛心。

① "南则积山万状"数句,南面崇山叠嶂形态各异,谁都不肯屈居下风,竞相比高,吞含彩霞,啜饮日光,轮番拔得头筹,超越其他山川,前后相连,若以它们为带,可以绕天一周,横亘地上,则望出去无穷无尽。

积:堆叠。负气:凭恃意气,不肯屈居下风。景:日光。参差:高低不齐。代:更迭。雄:胜出。"代雄"或出自张衡《东京赋》:"转相攻伐,代为雌雄。"凌跨:超越。长陇:长山。带:以重山为带。匝:周。横地:横亘在地上。

② "东则砥原远隰"数句,东面则是平原和远处的低湿之地,无边无际。寒天的枯草傍晚时分被风卷起来,古老的树木远远望去与云齐平。旋风四方生起,思念侣伴的鸟儿们成群归来。静静地听却无所闻见,尽目力而望但仍看不清。

砥原:平原。远隰:远处的低湿之地。亡(wú)、靡(mǐ):意义均为无,没有。端:边际。极视:尽目力而望。

鸟,水化之虫,智吞愚,强捕小,号噪惊聒,纷乎其中。① 西则回江永指,长波天合。滔滔何穷,漫漫安竭!创古迄今,舳舻相接。思尽波涛,悲满潭壑。烟归八表,终为野尘。而是注集,长写不测,修灵浩荡,知其何故哉!②

西南望庐山,又特惊异。基压江潮,峰与辰汉相接。上常

---

① "北则陂池潜演"数句,北面则江旁的小水泛滥遍布,与湖相通。苎麻青蒿积聚,茭白芦苇繁衍。波上栖居之鸟,水中化育之虫,智慧者吞掉愚笨者,强壮者捕杀弱小者,号呼喧嚷,受惊鸣叫,其间种种,纷然杂乱。

陂池:江旁的小水。潜演:泛滥满布。"陂池潜演,湖脉通连"当从司马相如《上林赋》"东注太湖,衍溢陂池"化出。苎(zhù)蒿(hāo):苎麻和青蒿。攸(yōu):所。菰(gū)芦:茭白和芦苇。号(háo)噪(zào):喧嚷。惊聒(guō):鸟受惊鸣叫。

② "西则"数句,西面则迂回且长的江流伸向远方,长长的波浪与天相连。水流滚滚不尽,漫无边际。从古至今,长江中船舰络绎不绝,首尾相连。波涛和潭壑中满是哀愁与悲伤。硝烟飞向八荒,最终化为野外的尘土。而长江如此长久地流泻汇集,无法测度,美好的长江神灵汹涌壮阔,有谁知晓其间缘由吗!

回江:迂回的江流。永:水流长,出自《诗经·周南·汉广》"江之永矣,不可方思"。滔滔:水流滚滚不绝的样子。漫漫:水流广远无际的样子。舳(zhú)舻(lú):舰船的船尾和船头。郭璞《江赋》:"舳舻相属,万里连樯。"思:悲伤,哀愁。尽:全,都。烟:硝烟。八表:八方之外,又称八荒,指极远的地方。野尘:野外的尘土。出自《庄子·逍遥游》:"野马也,尘埃也,生物之以息相吹也。"注集:流泻汇集。写(xiè):同"泻"。浩荡:水势汹涌壮阔的样子。

积云霞,雕锦缛。若华夕曜,岩泽气通,传明散彩,赫似绛天。左右青霭,表里紫霄。从岭而上,气尽金光,半山以下,纯为黛色。信可以神居帝郊,镇控湘汉者也。①

若潨洞所积,溪壑所射,鼓怒之所豗击,涌濅之所宕涤,则上穷荻浦,下至猇洲;南薄燕爢,北极雷淀,削长埤短,可数百里。② 其中

① "西南望庐山"数句,西南望向庐山,又特别惊奇诧异。山脚逼近江潮,峰顶与天汉相连接。山顶常常积聚着云霞,仿佛雕绘的锦缛一般。若木之光在傍晚时分照耀,山水气通,传出明光,散着光彩,天空仿佛被染成了火红色。左右云气,内外天空。自山岭往上,都是金光,半山以下,纯粹是青黑色。确实可在帝国郊野作为神异居所,镇守控引湘水和汉水。

庐山:位于今江西省九江市南,三面临水,西临陆地,又名庐阜、匡卢、匡山。一说相传周武王时,有匡俗兄弟七人结庐此山,后登仙而去,徒留空庐而得名;一说以庐江得名。基:山脚。若华:神话中的若木之光。《楚辞·离骚》"折若木以拂日兮"句王逸注:"若木在昆仑西极,其华照下地。"洪兴祖补注曰:"《山海经》:灰野之山有树,青叶赤华,名曰若木,日所入处,生昆仑西,附西极也。《淮南子》曰:若木在建木西,末有十日,其华照下地。注云:若木端有十日,状如连珠。华,光也,光照其下也。一云状如莲华。《天问》云:羲和之未扬,若华何光?"岩泽:岩下泽边。赫:火红色。绛天:染成红色的天空。青霭:青紫色的云气。紫霄:天空。黛色:青黑色。帝郊:帝国的郊野。镇控:镇守控制。

② "若潨洞所积"数句,潨洞里水流会合,涧壑中溪泉聚集喷射,波涛海浪所撞击者,回流涌起所荡涤冲刷者,上达荻浦,下至猇洲;南近燕爢,北达雷池。这些纵横交错的水道如果将它们长短相补,可得数百里之长。

(转下页)

腾波触天，高浪灌日，吞吐百川，写泄万壑。轻烟不流，华鼎振涾。弱草朱靡，洪涨陇蹙。散涣长惊，电透箭疾。穹㴌崩聚，坻飞岭覆。回沫冠山，奔涛空谷。磹石为之摧碎，碕岸为之鏊落。仰视大火，俯听波声，愁魄胁息，心惊慓矣！①

至于繁化殊育，诡质怪章，则有江鹅、海鸭、鱼鲛、水虎之

（接上页）潨(cóng)：古同"潀"，水流汇合的地方。溪壑：山谷中水所流聚的地方。射：喷射。鼓怒：形容波涛气势很盛。郭璞《江赋》有"激逸势以前驱，乃鼓怒而作涛"。豗(huī)：撞击。涌澓(fú)：涌起回流。宕涤：荡涤，冲刷。荻浦：长满荻竹的浦滩。狶(xī)洲：野猪出没的洲渚。薄(bó)：迫近。沠(pài)：水的支流。燕沠：不详。极：直达。雷淀：雷池。埤(pí)：增益。削长埤短：本处指计量水道长度时，从长的地方削取一部分增加到短的地方。当从《孟子·滕文公上》"今滕绝长补短，将五十里也"化出。《孟子注》云："滕虽小，其境界长短相补，可得大五十里。"

① "其中腾波触天"数句，其中腾涌而起的波涛上触天空，巨浪高可盥洗白日，吐纳百川，倾泄万壑。淡淡的水雾蒸腾缭绕，江河如华丽的鼎一样振荡沸溢。弱草顺风倒下，巨浪拢聚。水四散奔流，无拘无束，像闪电和箭镞一样迅速透过。大的水流崩决汇聚，在水中小块高地和山岭之间往复飞流。回旋涌流的水沫仿若超过山顶，奔涌的波涛响彻空谷。岩崖下方的石头被摧碎，曲折的河岸被冲得碎落。仰视心宿之星，俯听波涛之声，屏气敛息，惊心动魄！

腾：腾涌。灌：盥洗。吞吐：吞入吐出，吐纳。写泄：倾注排泄。振涾(tà)：振荡沸溢。靡(mǐ)：顺风倒下。洪涨：巨浪。陇：通"拢"，凑合，聚集。蹙(cù)：聚拢。散涣：水四散而流。惊：形容水奔流不受控制。电透：闪电般透过，快速至极。穹(qióng)：大。㴌(kè)：水流。坻(chí)飞岭覆：水中小块高地和山岭之间崩飞往复。（转下页）

类,豚首、象鼻、芒须、针尾之族,石蟹、土蚌、燕箕、雀蛤之俦,折甲、曲牙、逆鳞、返舌之属。掩沙涨,被草渚,浴雨排风,吹涝弄翮。①

(接上页)冠(guàn):超出。空谷:空寂的山谷。磡(kàn)石:岩崖下方的石头。碕(qí)岸:曲折的河岸。鳌(jī):碎、细。大火:星宿名,即二十八星宿中的心宿,心宿星若西落,则时序迈入秋季。愁魄:动魄。胁息:屏气敛息,形容恐惧之至。慓(piāo):同"剽"。

① "至于繁化殊育"数句,至于繁衍化生,品类不同,纹理各异,则有江鹅、海鸭、鲨鱼、水虎之类水中禽兽,有海豨、建同和芒须、针尾形状的水中动物,有石蟹、土蚌、燕箕、雀蛤之类,有神龟、曲牙、逆鳞、蛤蟆之类。它们有的覆盖在因淤积露出水面的沙子上,有的满布在洲渚水草上。沐浴雨中,迎风而上。吹吸高浪,戏弄羽翮。

繁化:繁衍化生。诡质:不同体型品质。怪章:奇异花纹。鱼鲛:鲨鱼。水虎:传说中的水怪,身体覆盖着异常坚硬的鳞片。《六朝文絜笺注》注释"江鹅、海鸭、鱼鲛、水虎"道:"《金楼子》曰:海鸭大如常鸭,班白文,亦谓之文鸭。《说文》曰:鲛鱼皮可饰刀。《述异记》曰:虎鱼老,变为鲛鱼。《襄沔记》曰:沔水中有物,如三四岁小儿,甲如鳞鲤,秋曝沙上,膝头似虎掌爪,常没水,名曰水虎。"豚首、象鼻:《六朝文絜笺注》:"《临海水土记》曰:海豨豕头,身长九尺。郭璞《山海经注》曰:今海中有海豨,体如鱼,头似猪。郭璞《江赋》曰:或鹿骼象鼻。《北史》曰:真腊国有鱼名建同,四足无鳞,鼻如象,吸水上喷,高五六十丈。"芒须、针尾:均不详何物,可能是某种体型尤如麦芒之须、针尾的水中动物。石蟹、土蚌、燕箕(jī)、雀蛤:《六朝文絜笺注》:"《本草》:石蠏,《集解志》曰:石蠏生南海,云是寻常蠏尔,年月深久,水沫相着,因化成石,每遇海潮,即漂去。郭璞《尔雅注》曰:蚌,蜃也。老产珠也,一名含浆。《兴化县志》曰:魟鱼,头圆秃如(转下页)

夕景欲沈,晓雾将合,孤鹤寒啸,游鸿远吟,樵苏一叹,舟子再泣。诚足悲忧,不可说也。风吹雷飙,夜戒前路。下弦内外,望达所届。①

(接上页)燕,其身圆褊如簸箕,又曰燕魟鱼。《易通卦验》曰:立冬,燕雀入水为蛤。《礼记》曰:季秋之月,雀入大水为蛤。"折甲、曲牙、逆鳞、返舌:《六朝文絜笺注》:"《大戴礼》曰:甲之虫三百六十,而神龟为之长。《水族加恩簿》曰:鳖一名甲拆翁。《史记》曰:夫龙之为物也,可扰狎而骑也,然其喉下有逆鳞径寸,人有撄之,则必杀人。《本草》曰:蜃,蛟之属,其状亦如蛇而大,有角如龙状,红鬣,腰以下鳞尽逆,食燕子,能嘘气成楼台城郭之状。王旻之《与琅琊太守许诚言书》曰:贵郡临沂县,其沙村逆鳞鱼可调药物。逆鳞鱼,《仙经》谓之肉芝。《礼记》曰:反舌无声。……孔颖达《疏》曰:……蔡云,虫名,蛙也,今谓之虾蟆,其舌本前着口侧,而末向内,故谓之反舌。"掩沙涨:遮覆因淤积露出水面的沙子。被草渚:布满洲渚水草上。"掩沙涨,被草渚"出自《史记·司马相如列传》所录《上林赋》"掩薄草渚"。浴雨排风:当从"沐雨栉风"化出,指雨中洗浴,迎风而上。吹涝弄翮:吹吸高浪,戏弄羽翮。"吹涝"出自木华《海赋》"吹涝则百川倒流",另见刘劭《赵都赋》:"巨鳌冠山,陵鱼吞舟。吸潦吐波,气成云雾。""弄翮"见郭璞《江赋》:"鹈鹕弄翮于山东。"

① "夕景欲沈"数句,夕阳将要落下,晨雾即将笼罩,孤单的鹤发出悲哀的鸣声,飞翔的鸿雁远远地吟叫,砍柴刈草者叹息,驾驶船舶者涕泣。确实足以令人悲伤忧愁,难以陈述。风吹如雷电般迅疾,夜晚登途。阴历二十二、二十三前后,希望能够如期到达。

夕景:夕阳。沈(chén):同"沉"。合:聚集。寒啸:哀鸣。樵苏:本意指砍柴刈草,此处指砍柴刈草之人。舟子:船夫。飙:迅疾。戒:登程,出发。下弦:阴历每月二十二、二十三日后,月形如弓,(转下页)

寒暑难适,汝专自慎。夙夜戒护,勿我为念。恐欲知之,聊书所睹。临途草蹙,辞意不周。①

据钱仲联增补集说校:《鲍参军集注》卷二《书》,上海:上海古籍出版社,1980年,第83—85页。

(接上页)弓形偏东,弦口向西,称为"下弦"。内外:上下,左右,表示概数。届:指定或规定的日期。

① "寒暑难适"数句,天气忽冷忽热,身体难以适应,你自己要非常当心。日夜保重,不用牵挂我。恐怕你想了解(我的行程),我略微记述一些沿途所经见者。即将登程,匆忙写就,言辞不够周到。

寒暑:天气的冷和热。适:和,调适。"寒暑难适"出自《吕氏春秋·大乐》"寒暑适,风雨时"。专:很,非常。夙夜:日夜。戒护:保重。聊:约略,略。临途:在即将登程的时候。草蹙(cù):仓猝,匆忙。

元·盛懋《秋江待渡图》,
藏北京故宫博物院。

江 淹

赤 虹 赋

江淹(444—505),字文通,济阳考城(今河南民权东北)人。刘宋时因劝谏而触怒建平王刘景素,外黜为建安吴兴令。齐时任秘书监、侍中、卫尉卿等职。梁时官至金紫光禄大夫。早年即以文章著名,据说晚年诗文佳句渐少,人谓"江郎才尽"。江淹生前曾将百余篇诗文编成前后集,赵宋迄今流行的江淹集一般认为仅是收录其早年作品的"前集"。

江淹为本集所撰《自序》尝云:

> 人生当适性为乐,安能精意苦力,求身后之名哉!故自少及长,未尝著书,惟《集》十卷,谓如此足矣。重固以学不为人,交不苟合,又深信天竺缘果之文,偏好老氏清净之术。仕所望不过诸卿二千石,有耕织伏腊之资,则隐矣。常愿幽居筑宇,绝弃人事,苑以丹林,池以绿水,左倚郊甸,右带瀛泽。青春受谢,则接武平皋。素秋澄景,则独酌虚室。侍姬三四,赵女数人。不则逍遥经纪,弹琴咏诗,朝露几闲,忽忘老之将至云尔。淹之所学,尽此而已矣。

从这段文字可以看出,江淹虽出身贫寒,但他的人生愿望与汉末以来仲长统等文人名士相差无几,均希望在依山傍水的良田美宅中享受种种适意之事。因喜好佛、老思想,江淹在人生失意时也未尝全然无措,颇能自慰。这篇《赤虹赋》便作于江淹被黜为建安吴兴令时。据其《自序》:

（建平王刘景素）凭怒而黜之，为建安吴兴令，地在东南峤外，闽越之旧境也。爰有碧水丹山，珍木灵草，皆淹平生所至爱，不觉行路之远矣。山中无事，专与道书为偶，乃悠然独往，或日夕忘归。放浪之际，颇著文章自娱。

建安吴兴，即今福建省北部之蒲城县。蒲城在三国两晋南北朝时称吴兴，属建安郡，东临南浦江上源，东西两面夹山，地势高峻，北面稍平，为福建、浙江两省的交通要地。江淹所谓的"碧水丹山"即这些地区美丽的丹霞地貌。

或许因被黜放到在南朝人看来尚不乏奇异色彩的南方，江淹《赤虹赋》遣词造句和事类典故多有因袭套用《楚辞》和《山海经》者，字里行间充满瑰奇神异的意象。

东南峤外,爰有九石之山。乃红壁千里,青崿百仞。苔滑临水,石险带溪。自非巫咸采药,群帝上下者,皆敛意焉。① 于时夏莲始舒,春荪未歇。肃舲波渚,缓拽汀潭。正逢岩崖相照,雨云烂色。俄而雄虹赫然,晕光耀水,偃蹇山顶,舄弈江湄。② 仆追而察之,实雨日阴阳之气,信可观也。

① "东南峤外"数句,东南岭外,有九石之山。此山有绵延千里的红色岩壁,高可百仞的青色山崖。近水之处有湿滑的苔藓,险峭的山石紧贴着小溪。倘若不是神医巫咸采药,五方之帝上下飞升,他人都会因惧惮而放弃登临九石山的念头。

东南峤:东南岭,此处可能指仙霞岭,建安吴兴之南浦溪、九石山均位于仙霞岭东南。九石之山:九石山在蒲城县水北街,南浦溪流经此山。红壁:山体由红色砂岩构成。青崿:青色山崖。临水:傍水,近水。带溪:本意指与小溪相隔一衣带的距离,形容与小溪极其相近。巫咸:唐尧时的神巫或神医。《太平御览》卷七二一《方术部·医》谓:"巫咸,尧臣也,以鸿术为帝尧之医。"群帝:道家谓五方之帝。敛意:打消(登临的)念头。

② "于时夏莲始舒"数句,当时夏莲方始舒展,春荪尚未枯萎。小船迅疾通过波渚,在汀潭里放缓划桨的速度。正逢岩壁山崖相照耀,雨云发出绚烂的颜色。顷刻间雄虹显赫,现出光晕,光耀水面。虹梁高耸,立在山顶,虹脚光曜流行,直至江岸。

于时:当时。荪(sūn):一种香草。歇:凋零,枯萎。肃:迅疾。舲(líng):有窗户的小船。拽(yè):短桨,一说船舷。烂色:绚烂的颜色。俄而:不久,顷刻。雄虹:色彩鲜明的虹,也叫正虹,与副虹即霓相对。古人认为,虹双出,色鲜盛者为雄,雄曰虹。暗者为雌,雌曰霓(《尔雅·释天》疏)。赫然:光明显耀的样子。偃(yǎn)蹇(jiǎn):高耸。舄(xì)弈(yì):光曜流行的样子,出自班固《典引》"舄奕乎千载"。江湄:江岸。

又忆昔登炉峰上，手接白云；今行九石下，亲弄绛蜺。二奇难并，感而作赋曰：①

迤逦碕礒兮，太极之连山。鯫鱅虎豹兮，玉虺腾轩。孟夏茵蒀兮，荷叶承莲。怅何意之容与兮，冀暂缓此忧年。② 失代上之异人，迟山中之虚迹。掇仙草于危峰，镌神丹于崩石。视鳣

① "仆追而察之"数句，我追踪着彩虹并仔细观察，它其实就是雨和日阴阳交会之气，确实神奇美丽。又回忆起从前登上庐山香炉峰，手能触及缭绕的云雾烟霭；现今船行在九石山下，亲自玩赏赤虹。手触白云与亲自玩赏赤虹这两件奇异之事，其实很难兼备的，因此有感而发，作赋云云。

阴阳之气：古人认为虹是雨、日阴阳交会之气，如《淮南子·说山训》云，"天二气则成虹"。可观：美丽好看，值得看。手接白云：手触及白云。白云或即山峰周围缭绕的云雾烟霭。江淹《从冠军建平王登庐山香炉峰》诗《文选》李善注引远法师《庐山记》曰："山东南有香炉山，孤峰秀起，游气笼其上，即樊蕴若烟气。"弄：玩赏。蜺（ní）：同"霓"，虹的一种，亦称"副虹"，彩带排列的顺序与雄虹相反，红色在内，紫色在外。难并：兼备。谢灵运《拟魏太子邺中集诗序》云："天下良辰美景赏心乐事，四者难并。"

② "迤逦碕礒兮"数句，连绵曲折的山崖啊，正如太极连山所象征。其中有南方神怪动物鯫鱅和虎豹，还有腾跃高举的白蟒。孟夏之月水气氤氲之中，荷叶承托着莲花。惆怅啊自己为何徘徊犹疑呢？是希望暂时舒缓一下这充满忧愁的年月。

迤（yǐ）逦（lǐ）：连续不断的样子。碕（qí）礒（yǐ）：崖石弯曲的样子。《楚辞·招隐士》有"嶔岑碕礒"语。太极：《易·系辞上》："易有太极，是生两仪。"连山：《易》有《连山易》，《连山易》之得名因其始于艮卦，如山之连绵。鯫（yú）鱅（yōng）：状如犁牛的神怪动（转下页）

岫之吐翕,看鼋梁之交积。①

于是紫油上河,绛气下汉;白日无余,碧云卷半。残雨萧索,光烟艳烂。水学金波,石似琼岸。错龟鳞之崚崚,绕蛟色之漫漫。②

(接上页)物。玉虺(huī):洁白的蟒蛇。腾轩:腾跃高举。"鲕鳙虎豹兮,玉虺腾轩"出自《楚辞·大招》描写南方一段文字:"魂乎无南,南有炎火千里,蝮蛇蜒只。山林险隘,虎豹蜿只。鲕鳙短狐,王虺骞只。"孟夏:夏季的第一个月,即农历四月。茵蒀(yūn):同"氤氲",湿热时节水气弥漫的样子。怅:惆怅,怅惘。何意:为何。容与:徘徊犹疑。刘向《九叹·离世》有"欲容与以俟时兮,惧年岁之既晏"语。

① "失代上之异人"数句,失去了代上异人的行踪,守候着山中的遗迹。至高峻的山峰上采摘仙草,在崩落的石头上镌凿神丹。观鱣鱼洞穴之一呼一吸,看鼋鼍桥梁的交相堆积之象。

代上之异人:不详。迟:等待,等候。虚迹:废迹。危峰:高峻的山峰。镌:凿。鱣(zhān)岫:鱣鱼穴居的洞穴。胡之骥《江文通集注》:"《毛诗义疏》曰:鱣鲔出江海,三月,从河下头来,今巩县东洛度北崖上,山腹穴与江湖通。鱣鲔从此穴而来,入于河。《韵集》曰:山有穴曰岫。《东京赋》曰:王鲔岫居。"吐翕(xī):呼吸。鼋(yuán)梁:鼋鼍相积而架起的桥梁。《竹书纪年》卷下:"穆王三十七年,伐楚,大起九师,东至于九江,叱鼋鼍以为梁。"

② "于是紫油上河"数句,当时可见紫色行云和红色彩霞在天空中上下舒卷;白日光照剩余很少,碧空中的云大半卷起。将要停止的雨稀疏落下,天光云烟变得分外绚烂。汀潭水面反射着耀眼的光芒,旁边的崖岸如玉一般光洁。岸边错杂着突兀重叠如龟鳞一样的石头,绕着蛟身色彩的水面漫无边际。

(转下页)

俄而赤蜺电出,蚴虬神骧。暧昧以变,依稀不常。非虚非实,乍阴乍光。赩赫山顶,照燎水阳。① 虽图纬之有载,旷代识而未逢。既咨嗟而踯躅,聊周流而从容。想番禺之广野,意丹山之乔峰。禀傅说之一星,乘夏后之两龙。彼灵物之讵几,象火灭而山红。②

(接上页)于是:当时。紫油:紫色行云。司马相如《封禅文》有颂曰:"自我天覆,云之油油。"《汉书》李奇注曰:"油油,云行貌。《孟子》曰:油然作云,沛然下雨。"河、汉:均指天河,云汉,霄汉。绛气:发出红色光彩的云霞。"紫油上河,绛气下汉"句,与江淹《从冠军建平王登庐山香炉峰》诗"绛气下萦薄,白云上杳冥"句可谓类似的表达。萧索:稀疏。艳烂:绚烂。金波:反射着耀眼光芒的水波。崚崚(líng):重叠貌,突兀貌。蛟色:蛟身色彩。

① "俄而赤蜺电出"数句,顷刻间赤蜺迅疾出现,如蛟龙般曲折行在空中。模糊变化,依稀短暂。一会儿不虚,一会儿不实,忽然暗,忽然明。赤蜺光耀了山顶,照亮了水北。

俄而:不久,顷刻。电出:迅疾出现。蚴(yòu)虬(qiú):蛟龙曲折行动的样子。骧:崩腾。暧昧:模糊不清。依稀:仿佛,不清楚。乍:忽然。阴:暗。赩(xì)赫(hè):赤色光耀。照燎(liào):照射。水阳:水北为阳。

② "虽图纬之有载"数句,虹霓虽在图谶和纬书上有记载,我一直知道它,却从未遇到过。现在对眼前的虹霓叹赏徘徊之后,姑且周遍观览,安闲自得。心想着番禺之广野和丹山之乔峰,虹霓承自傅说所骑的箕星和夏启乘过的两龙。这些灵异之物现形均无多时,虹霓如同火一样很快消失,映红了山峰。

图纬:图谶和纬书。旷代:历时很久。咨嗟:叹赏。踯(zhí)躅(zhú):徘徊不前的样子。聊:姑且。周流:周遍观览。从容:安闲自得。"聊周流而从容",屈原《九章·悲回风》有"寤从容以(转下页)

余形可览,残色未去。耀葳蕤而在草,映青葱而结树。昏青苔于丹渚,暧朱草于石路。霞晃朗而下飞,日通笼而上度。俯形命之窘局,哀时俗之不固。定赤舄之易遗,乃鼎湖之可慕。① 既以为朱鬐白鼋之驾,方瞳一角之人。帝台北荒之际,龕

（接上页）周流兮,聊逍遥以自恃"语。番禺:古地名,即今广州市。在《山海经》等上古传说中,番禺是个神秘所在,传说中巨大的桂林八树便在番禺东。意:放在心上。丹山:山名。《山海经·海内南经》记载:"夏后启之臣曰孟涂,是司神于巴。……居山上,在丹山西。"禀:秉承。傅说(yuè):人名,为殷高宗时候的贤相。初为囚犯,在傅岩筑城,高宗梦到他,往访而举他为相,实现国家中兴。传说傅说没后,其神托于列星。"傅说之一星"见《庄子》和《楚辞》。《庄子·大宗师》云:"(道,)傅说得之,以相武丁,奄有天下,乘东维,骑箕尾,而比于列星。"《楚辞·远游》云:"贵真人之休德兮,美往世之登仙。与化去而不见兮,名声著而日延。奇傅说之托辰星兮……""夏后之两龙"出自《山海经·海外西经》:"大乐之野,夏后启于此儛九代(九代马名。儛谓盘作之),乘两龙,云盖三层(曾犹重也),左手操翳,右手操环,佩玉璜。在大运山北。一曰大遗之野。"《大荒经》云"大穆之野"。讵几:无多时。

① "余形可览"数句,虹霓剩余的形状依稀可览察,残留的颜色未全退去。仿佛留在草上,使茂盛的草木倍感光耀;似乎挂在树上,令青葱的树叶得到照映。使丹渚上的青苔本身的颜色模糊不清,令石路上的朱草颜色暧昧不明。彩霞明丽朝下飞,日光微弱向上越。低头沉思众生之窘迫局促,哀叹时俗之鄙陋。赤玉舄确实容易留下,黄帝鼎湖飞升才值得羡慕。葳(wēi)蕤(ruí):草木茂盛的样子。昏:昏暗,模糊。晃朗:光明的样子。通笼:通"通晓",光线微弱的样子。度:越过,度过。俯:低头。形命:众生。窘局:窘迫局促。不固:鄙陋。赤舄(xì):即赤玉舄。古代天子诸侯所穿之赤色重底鞋。刘向《列仙传》记 （转下页）

山西海之滨。流沙之野,析木之津。云或怪彩,烟或异鳞。必杂蜺之气,阴阳之神焉。①

据《四部丛刊》影明翻宋本《梁江文通文集》卷二,个别文字据《初学记》校改。

(接上页)载:"安期先生者,琅琊阜乡人也。卖药于东海边,时人皆言千岁翁。秦始皇东游,请见。与语三日三夜,赐金璧度数千万,出于阜乡亭,皆置去。留书,以赤玉舄一双为报,曰:'后数年求我于蓬莱山。'"鼎湖:传说中黄帝铸鼎所处之湖,鼎成,黄帝于此处乘龙升空。

① "既以为朱鬐白氄之驾"数句,又认为赤鬣白毛之身的马,与方瞳一角之人,天帝之阙和北方荒远之边际,日落之处的崦嵫山和西方之海滨,随风吹流动的沙漠与析木之天津,诸如此类怪奇之处,或有奇异的色彩与云烟,一定是夹杂了虹霓阴阳交会之神。

既:又。朱鬐白氄(cuì)之驾:赤鬣白身之马。"氄"意指兽细毛。《山海经·海内北经》载:"犬封国曰犬戎国,有文马,缟身(色白如缟)朱鬣,目若黄金,名曰吉量,乘之寿千岁。"注引《周书》曰:"犬戎文马,赤鬣白身,目若黄金,名曰吉黄。"方瞳:古人认为神仙之人两目方形。《搜神记》载:"偓佺者,槐山采药父也。好食松实,形体生毛,长七寸。两目更方,能飞行,逐走马。以松子遗尧,尧不暇服。松者,简松也。时受服者皆三百岁。"一角:不详,当是神仙之人体貌特征之一。帝台:天帝的宫阙。北荒:北方极荒远之区。《山海经》有《大荒北经》篇,记北方荒远地区种种物事,如:"东北海之外,大荒之中,河水之间,附禺之山,帝颛顼与九嫔葬焉。"弇(yǎn)山:山名,古人认为是日没之处,又名崦嵫山、弇兹山。《楚辞·离骚》云:"吾令羲和弭节兮,望崦嵫而勿迫。"西海:传说中的西方之海。《楚辞·离骚》云:"路不周以左转兮,指西海以为期。"流沙:沙漠。《楚辞·招魂》云:"西方(转下页)

元·方从义《武夷放棹图》，藏北京故宫博物院。

（接上页）之害，流沙千里些。"析木之津：即天河，因天河在箕、斗二星之间，隔河需要有津梁才能渡过，所以称之为析木之津。《楚辞·离骚》云："朝发轫于天津兮，夕余至乎西极。"洪兴祖补注曰："《尔雅》：析木谓之津，箕、斗之间，汉津也。注云：箕，龙尾；斗，南斗。天汉之津梁。"

吴　均

与宋元思书

吴均(469—520)，字叔庠，吴兴故鄣(今浙江湖州安吉)人，官奉朝请等。当时人颇推崇他文体清拔、有古气，沈约、柳恽等都很赏识他，仿效他文字者时称"吴均体"。曾注范晔《后汉书》九十卷，著有《齐春秋》《通史》(未完)等等，文集二十卷亡佚，明人辑有《吴朝请集》，仅一卷。由于吴均原集亡佚，现存作品多为明人从《艺文类聚》等类书中辑录，这些断章残篇大都用简澹清新的文字表现山水，如享誉后世的三《书》——《与施从事书》《与宋元思书》(一作《与朱元思书》)、《与顾章书》残篇，便因《艺文类聚》节录得以留存至今。

诸如吴均三《书》这样含有模山范水内容的南朝短篇书札，一直受到唐以后论者的特别关注，被冠以山水尺牍、山水书札、山水小品等称谓。它们尤其为人称道的是变之前山水书写的冗长滞涩为素澹简练。如清人许梿在《六朝文絜》中评吴均《与顾章书》："简澹高素，绝去饾饤艰涩之习。吾于六朝，心醉此种。"评吴均《与宋元思书》："扫除浮艳，澹然无尘，如读靖节《桃花源记》、兴公《天台山赋》。此费长房缩地法，促长篇为短篇也。"(《六朝文絜》，上海古籍出版社2020年，第156、154页)无论是"简澹高素，绝去饾饤艰涩之习"，还是"促长篇为短篇"，着眼的都是这些书札文学表现上简练、素澹的风格。

现代学者对这些书札的评价，大致类此。如钱锺书论吴均《与施从事书》《与朱元思书》《与顾章书》三书："按前此模山范水之文，惟马第伯

《封禅仪记》、鲍照《登大雷岸与妹书》二篇跳出,其他辞、赋、书、志,佳处偶遭,可惋在碎,复苦板滞。吴之三《书》与郦道元《水经注》中写景各节,轻倩之笔为刻画之词,实柳宗元以下游记之具体而微。"惋惜之前的辞、赋、书、志等涉及山水的作品虽然偶有佳处,却琐碎呆板,赞扬《水经注》和吴均三篇书札刻画山水轻倩灵活,正与许梿前后相承。

虽然考虑到吴均这类书札残篇的文献性质,令人怀疑它们原文全篇是否果真如许梿、钱锺书等古今论者所言,确为绝去饾饤艰涩或琐碎板滞之习的简澹精炼之作。但就现存文字来看,吴均三《书》在模山范水方面的卓越之处却是无可置疑的。例如,吴均作品除了山光水色,还特别关注山水之间的各种声响,包括泠泠作响的泉水激石,嘤嘤成韵的好鸟相鸣,绵绵成韵的蝉吟鹤唳:

  泉水激石,泠泠作响。好鸟相鸣,嘤嘤成韵。蝉则千转不穷,猿则百叫无绝。(《与宋元思书》)
  蝉吟鹤唳,水响猿啼,英英相杂,绵绵成韵。(《与顾章书》)

钱锺书先生在将吴均三《书》与郦道元《水经注》作比时,曾经批评后者"著语不免自相蹈袭,遂使读者每兴数见不鲜之叹"(《管锥编·全梁文卷六〇》,第1456页)。其实在是否"自相蹈袭"问题上,钱先生有点偏袒吴均了,因为即使在吴均这三封书札中,结构和遣词造句上也可见自相蹈袭之迹。如在描写山的时候,吴均都有大致类似的结构,即某地+有某山+形容山之高峻("争霞/限日,干天/入汉")+山奇水异。如《与顾章书》:"梅溪之西,有石门山者,森壁争霞,孤峰限日。幽岫含云,深溪蓄翠。"《与施从事书》:"故鄣县东三十五里,有青山,绝壁干天,孤峰入汉;缘嶂百重,清川万转。"

风烟俱净,天山共色。从流飘荡,任意东西。自富阳至桐庐一百许里,奇山异水,天下独绝。①

水皆缥碧,千丈见底;游鱼细石,直视无碍。急湍甚箭,猛浪若奔。② 夹岸高山,皆生寒树。负势竞上,互相轩邈,争高直指,千百成峰。③ 泉水激石,泠泠作响。好鸟相鸣,嘤嘤成韵。

① "风烟俱净"数句,风景触处明净,天空与山峦同色。船儿顺着水流,随意东西漂浮。从富阳至桐庐一百多里,奇山异水,在天下简直独一无二。
风烟:风尘与云气,风景。按,××俱×,××共×,是南朝人喜用的句式。如萧绎《金楼子·著书》:"雪无冬夏,与白云而共色。冰无早晚,与素石而俱贞。"任意:随意。富阳:即富春,今浙江杭州西南部,以县城位于富春江之北而得名,因水北为阳。秦置富春县,汉因之,治所在今浙江富阳,晋太元中避郑太后名中"春"字讳,改名富阳。五代吴越时复名富春,宋太平兴国三年(978)又改富阳。桐庐:县名,位于富春江沿岸。独绝:独一无二。

② "水皆缥碧"数句,湖水碧清,澄澈可见千丈深的水底,下面的细石和游鱼,可以毫无遮蔽地看清楚。水流之急,胜过离弦之箭,浪涛之汹涌,若奔流而出。
缥(piǎo)碧:浅青色。直视:凝神注视。甚:超过,胜过。猛浪:汹涌的浪涛。

③ "夹岸高山"数句,水流两岸的高山上,都生长着令人心生寒意的常绿树木。它们倚仗着各自的地势,仿佛争先恐后地向上空和远处伸展生长,力求笔直指向更高远之境,成百上千地形成连绵的山峰。
寒树:生出寒意的常绿树木。负势:本指人倚仗权势,这里指树木倚仗地势。轩:本义指古代一种前顶较高而又有帷幕的车子,这里指高。邈:远。直指:笔直指向。

蝉则千转不穷,猿则百叫无绝。①

鸢飞戾天者,望峰息心;经纶世务者,窥谷忘反。横柯上蔽,在昼犹昏;疏条交映,有时见日。②

据清许梿评选《六朝文絜》卷三,影印清刻本。

明·沈周《仿黄公望富春山居图》,藏北京故宫博物院。

① "泉水激石"数句,泉水因石头阻遏而飞溅,发出清脆激越的声响。美丽的小鸟递相鸣叫,此唱彼和若有节奏。蝉啭猿鸣之声百千回仍不断绝。激石:水势受到石头阻遏后腾涌或飞溅。泠泠作响:清脆激越的声响。相:递相。嘤嘤:形容禽鸟和鸣的声音。转:同"啭",婉转鸣叫。

② "鸢飞戾天者"数句,热衷世俗高位利禄之人,望见这些山峰便会摒除杂念。筹划经理世间俗务之人,察晓到这些山谷便会留恋不舍。上有横枝遮蔽,白昼如同黄昏;粗壮的枝条交互映衬,偶尔能见到太阳。鸢飞戾天:出自《诗经·大雅·旱麓》"鸢飞戾天,鱼跃于渊",意思是老鹰飞翔在天空中,本用来形容天地万物各得其所,自得其乐,但这里的"鸢飞戾天者"比喻为世俗功名利禄极力高攀的人。鸢:老鹰。戾:至,到。息心:摒除杂念。经纶:本意为整理蚕丝,后引申为筹划、治理。窥:观察。横柯:横枝。疏条:粗壮的枝条。有时:偶尔。

吴 均

与 顾 章 书

　　仆去月谢病,还觅薜萝。梅溪之西,有石门山者,森壁争霞,孤峰限日。幽岫含云,深溪蓄翠。蝉吟鹤唳,水响猿啼,英英相杂,绵绵成韵。① 既素重幽居,遂葺宇其上。幸富菊花,偏饶竹实。山谷所资,于斯已办。仁智所乐,岂徒语哉!②

据清许梿评选《六朝文絜》卷三,影印清刻本。

① "仆去月谢病"数句,我上月因病辞去公职,归来寻求幽居。梅溪的西边有一座石门山,峭壁与云霞争高,孤立高耸的山峰限隔了白日。山中的岩洞含蕴着白云,深峻的溪水蓄藏着青翠;蝉鸣和鹤唳,水响和猿啼,这些动听和谐的声音交杂在一起,连绵不绝,很有节奏。
仆:我的谦称。去月:上个月。谢病:以生病为借口辞去职务。觅:寻求。薜(bì)萝:薜荔和女萝两种藤蔓植物。《楚辞·九歌·山鬼》有"若有人兮山之阿,被薜荔兮带女萝"语,王逸注:"言山鬼仿佛若人,见于山之阿,被薜荔之衣,以兔丝为带。"后借以指幽居隐逸之士的服饰或栖居之所。森壁:陡壁,峭壁。幽岫:深山中的岩洞。英英:音声和谐美盛的样子。出自《吕氏春秋·仲夏纪·古乐》:"以其尾鼓其腹,其音英英。"绵绵:连绵不绝。

② "既素重幽居"数句,我既然向来以幽居为贵,于是在石门(转下页)

清·王翚《山水图》扇页,藏北京故宫博物院。

(接上页)山上修葺屋宇。不仅幸运地拥有很多菊花,还有特别多的竹实。山谷所供给的,都备于此了。孔子所谓的"智者乐水,仁者乐山",并非徒言!

既:既然。素:向来。幸:幸运的。偏:很,特别。饶:众多,丰足。竹实:一种竹类植物的果实,可入药。资:给予,供给。仁智所乐:指《论语·雍也》所记孔子语"知者乐水,仁者乐山"。

吴 均

与施从事书

　　故鄣县东三十五里,有青山,绝壁干天,孤峰入汉;缘嶂百重,清川万转。① 归飞之鸟,千翼竞来;企水之猿,百臂相接。秋露为霜,春罗被径。"风雨如晦,鸡鸣不已。"信足荡累颐物,悟衷散赏。②

　　据《艺文类聚》卷七,上海:上海古籍出版社,1999年,第129页。

① "故鄣县"数句,故鄣县东三十五里,有青山,峭壁直入云霄,高峰伸入云汉。重峦叠嶂,河道蜿蜒曲折。
故鄣:今浙江省安吉县西北。绝壁:峻峭矗立的山崖。孤峰:孤立高耸的山峰。嶂:形如屏风的山。
② "归飞"数句,成千只归巢的鸟,仿佛争先恐后飞来;企盼饮水的猿猴,上百只手臂相连接。秋露遇冷凝结为霜,春罗覆盖着小径。与昏暗险恶的世俗社会环境相比,此情此景确实足以用来消除疲累,享受外物,中心彻悟,排遣赏玩。
企:盼。被(pī):覆盖。"风雨如晦,鸡鸣不已":出自《诗经·郑风·风雨》,本意指风雨交加,天色昏暗,犹如黑夜。后常用来比喻昏暗险恶的世俗社会环境。荡:消除。颐:养,享。散赏:排遣赏玩。

元·钱选《山居图》,藏北京故宫博物院。

东阳金华山栖志(节选)

刘峻(462—521),字孝标,本名法武,平原(今山东平原西南)人。他历经宋齐梁三代,曾任典校秘书、荆州户曹参军等职,史称其率性而动,不能随众沉浮,因此引起梁武帝嫉恶,仕途蹭蹬,后归隐东阳,筑室讲学。曾独自撰成《类苑》一百二十卷,武帝召集诸学士撰《华林遍略》以高之。有《辨命论》《世说新语注》等著述流传后世。他在东阳紫岩山归隐时,著有《东阳金华山栖志》,《南史》本传径称《山栖志》,赞"其文甚美"。在这篇文中,作者表达自己得遂"闲逸"之愿,从此"浩荡天地之间,心无怵惕之警"的欣喜,很多篇幅着力刻画东阳紫岩山的四时山居之美和栖居之惬。《艺文类聚》卷三六《人部·隐逸》类收录有作者《始居山营室诗》:

> 自昔厌喧嚣,执志好栖息。啸歌弃城市,归来事耕织。凿户窥嶕峣,开轩望崭崱。激水檐前溜,修竹堂阴植。香风鸣紫莺,高梧巢绿翼。泉脉洞杳杳,流波下不极。仿佛玉山隈,想像瑶池侧。夜诵神仙记,旦吸云霞色。将驭六龙舆,行从三鸟食。谁与金门士,抚心论胸臆。

据诗题与诗歌正文,此诗当作于刘峻在东阳紫岩山营建室宇之始,与很可能隐居授学一段时间之后才作的《山栖志》并观,可见作者甚是欣慰自己能够远离都市喧嚣,得从素愿,幽居于灵奇秀丽的金华山。作者笔下的山居,不但有傍山临水的良田美宅,还有能够安顿作者身心的寺庙道观在侧。

刘峻这篇《志》其实与赋体无异,句式几乎都是整饬的四字、六字、三字、五字句,他在写景时喜欢套用张衡、左思等作家大赋中生僻的字词,虽为《志》文增添了几分典丽的色彩,但阅读起来难免有失流畅。

予生自原野,善畏难狎。心骇云台朱屋,望绝高盖青组。且霑濡雾露,弥愿闲逸。每思濯清濑,息椒丘,寤寐永怀,其来尚矣。蚓专噬壤,民欲天从。爰洎二毛,得居岩穴。①

所居东阳郡金华山,山川秀丽,皋泽㼜郁。若其群峰叠起,则接汉连霞。乔林布濩,则春青冬绿。回溪映流,则十仞洞底。肤寸云合,必千里雨散。② 金华之首,有紫岩山,山色红紫,因此

① "予生自原野"数句,我生长于原野,易于受惊,难以比党。内心畏惧高耸华丽的富贵之地,断灭了官高爵尊的期望。况且因为经受过昏暗世事,更加期盼闲适恬逸的生活。常常思慕能濯足清流,止息椒丘,这种念头日夜怀想,由来已久。如同蚯蚓仅以土壤为食的天性一样,人的欲望也是受自于天。直到头发花白,我才得以栖居岩穴。

善:易于。畏:恐惧。作者此处是谦称。狎:亲近,比党。"善畏难狎"当出于《荀子·不苟》:"君子易知而难狎,易惧而难胁。"云台、朱屋:形容富贵之家高耸华丽的住处。高盖:高车。青组:古代官员常用青色丝带系冠、服、印。高盖、青组均用来借指官高爵尊。霑濡:沾湿,蒙受,经受。雾露:比喻昏暗的世道。弥:更加。思:思慕。寤寐永怀:日夜怀想。尚:久。专:仅仅,只。噬:吞,咬。蚓专噬壤:谓蚯蚓仅以干枯的土壤为食物。出《孟子·滕文公下》"陈仲子"条:"充仲子之操,则蚓而后可者也。夫蚓,上食槁壤,下饮黄泉。"二毛:鬓发有黑、白两种颜色,形容年老。

② "所居东阳郡"数句,我所栖居的东阳郡金华山,山川秀丽,湖泽漫无边际。重峦叠嶂仿佛与云霞相连接。遍布着高大树木的丛林,冬春常青。弯曲的小溪中流水清澈,可以洞彻十仞之深。肤寸大小的云聚集起来,必定化作千里散漫之雨。

皋泽:湖泊沼泽。㼜(yǎng)郁:漫无边际的样子。汉:云汉。布濩(hù):分散遍布。映:掩映。肤寸:比喻极小。

为称。靡迤坡陀,下属深渚。巑岏隐嶙,上亏日月。① 登自山麓,渐高渐峻。陇路迫隘,鱼贯而升。路侧有绝涧,闬闳庨豁。俯窥木杪,焦原石邑,匪独危悬。至山将半,便有广泽大川,皋陆隐赈,予之葺宇,实在斯焉。②

所居三面,皆回山周绕,有象郭郭。前则平野萧条,目极通望。东西带二涧,四时飞流泉。清澜微霭,滴沥生响。白波跳沫,汹涌成音。并漕渎引流,交渠绮错。悬溜泻于轩甍,激湍回

---

① "金华之首"数句,金华山系之首,有紫岩山,山岩颜色红紫,因此得名。阶坡连绵不绝,下与水渚相连。山峰高峻突兀,日月之光都有所遮蔽。

靡(mí)迤(yǐ):连绵不绝。坡(pō)陀(tuó):阶坡。属(zhǔ):连接。巑(cuán)岏(wán):高峻貌。隐嶙:突兀貌。亏:损。

② "登自山麓"数句,从山脚开始登山,逐渐高峻起来。陇路窄狭,大家前后相接依次攀登。路侧有深峻开阔的溪谷,俯首从树梢看下去,巨石高悬于深涧之上。登至紫岩山将近一半之处,出现广阔的湖泽,湖边平原富饶。我所修葺的屋宇,就位于其中。

山麓:山脚下。陇路:高丘上的路。迫隘:窄狭。鱼贯:像鱼游一样前后相接。绝涧:陡壁下面的深涧。闬闳(xiǎ):开阔貌。庨(xiāo)豁:高峻深邃。张衡《西京赋》有"睽眔庨豁"语。窥:观看。木杪(miǎo):树梢。焦原、石邑:形容巨石深涧。"焦原"出自左思《魏都赋》"临焦原而弗悦"。《文选》注引《尸子》曰:"莒国有石焦原者,广寻五十步,临百仞之溪,莒国莫敢近也。""石邑"出自《韩非子·内储说上》:"董阏于为赵上地守,行石邑山中,涧深峭如墙,深百仞。"危悬:高悬。皋陆:平原,平地。隐赈:富饶。

于阶砌。供帐无绠汲,盥漱息瓶盆。① 枫栌椅枥之树,梓柏桂樟之木,分形异色,千族万种。结朱实,苞绿里。扐白蔕,抽紫茎。橚矗苯䔿,梢风鸣籁。垂条檐户,布叶房栊。中谷涧滨,华蕊攒列。② 至于青春受谢,萍生泉动,则有都梁含馥,怀香送芬。长

① "所居三面"数句,我的住所三面都有山峦围绕,像屏障一样。前面是寂寥的原野,览观一望无际。东西两面均连带着溪涧,一年四季瀑布飞溅。澜漪滴落,发出滴沥滴沥的声响。白色波浪声势浩大地翻腾上涌,飞沫跳起。漕运的沟渎传送水流,渠道交错。山泉在屋脊周围倾泻,阶砌侧有激流回旋。宴饮时无须从井里打水,濯盥洗漱时不劳瓶盆一类盛水工具。

郛郭:屏障。平野萧条:原野寂寥。出自曹植《赠白马王彪》"原野何萧条"。通望:通览。带:连着。霍(shù):滴落。跳沫:飞沫。漕渎:漕运的沟渎。引流:传送水流。悬溜:从高处向低处倾泻的小股流水。轩甍(méng):高高的屋脊。供帐:陈设供宴会用的帷帐、用具、饮食等物,借指举行宴会。绠:井绳。息:停。瓶盆:各种盛水工具。

② "枫栌椅枥之树"数句,枫、栌、椅、枥和梓、柏、桂、樟等树木,形色各别,品类繁多。朱实生长,绿里包着。茂密丛生的草木长出紫茎,摇动白根,风吹过时发出各种天籁之音。檐户上垂下枝条,窗棂上布满绿叶。山谷中和溪涧旁,花蕊簇聚成列。

椅:落叶乔木,木材可以制器物,亦称"山桐子"。分形:呈现各种形体。族:种类。苞:同"包",包裹。扐:摇动。白蔕:白色的草木根。左思《吴都赋》:"扐白蔕,衔朱蕤。"抽:长出。橚(sù)矗(chù):草木长直茂盛的样子。左思《吴都赋》有"橚矗森萃,翁茸萧瑟"语。苯䔿:草丛生貌。梢:捎带。鸣籁:即天籁交鸣,指自然界的各种声音鸣响。《庄子·齐物论》有人籁、地籁、天籁"三籁"之说。房栊:窗棂。攒列:簇聚成列。

乐负霜,宜男泫露,芙蕖红花照水,皋苏缥叶从风。凭轩永眺,蠲忧忘疾。①

岁始年季,农隙时闲,浊醪初釂,缥清新熟,则田家野老,提壶共至。班荆林下,陈樽置酌。酒酣耳热,屡舞喧呶。② 盛论箱庚,高谈谷稼。喁噱讴歌,举杯相抗。人生乐耳,此欢岂訾。不

① "至于青春"数句,至玄冬离去,春日到来,萍藻生,山泉活,泽兰含蕴着香气,怀香散发出芬芳。长乐带霜,萱草滴露。芙蕖红花映照着水面,皋苏木叶随风轻舞。靠着栏杆向远处眺望,可以排除烦忧,忘却身体疾病。

青春:即春天。古人认为东方春位,颜色为青。谢:去,离开。"青春受谢"指玄冬离去,春天来到。都梁:泽兰的别称。馥:香气。怀香:一种草药。长乐:当即长乐花。负霜:带霜,受霜。宜男:萱草,民间相传孕妇佩戴萱草则生男,因此称萱草为"宜男"。泫露:滴露。芙蕖:荷花。皋苏:木名,传说木汁味甜,食者不会饥饿,可以消除疲劳。缥(piāo):轻轻飞起来的样子。永:远。蠲:除去。

② "岁始年季"数句,年头年尾,以及农忙之隙的空闲时间,浊酒才酿,清酒新熟,便有田家野老,提着酒壶一起来到。大家在林子里铺上荆条坐下,摆上器具,置办酒宴。酒喝到兴致正浓时,手舞足蹈,高谈阔论。

季:末。浊醪:浊酒。釂(jǐ):滤酒,即酿酒糟熟后,用力挤压,使酒流出。缥(piāo)清:清酒。"缥"指青白色、淡青色。班荆:在树林里铺上荆条坐下。陶渊明《饮酒》诗有"班荆坐松下,数斟已复醉"语。陈、置:摆,放。樽:古代盛酒的器具。酌:饮酒宴会。酒酣耳热:形容酒喝得意兴正浓的畅快神态。曹丕《与朝歌令吴质书》有"每至觞酌流行,丝竹并奏,酒酣耳热"语。喧呶(náo):大声吵闹。

求于世，不迕于物。莫辨荣辱，匪知毁誉。浩荡天地之间，心无怵惕之警。①

据明八闽徐博刻本张溥《汉魏六朝一百三家集》所收《刘户曹集》，个别讹字据影宋绍兴本《艺文类聚》卷三六改正。

① "盛论箱庾"数句，（大家）热烈地高声谈论着货物和粮食存储，欢笑讴歌，杯酒相接。人生本该用来行乐，这样的欢欣无可非议。对人世不苛求，与旁人和外界无所抵牾。不去人为分辨荣耀和耻辱，糊涂看待毁伤和赞誉。在天地之间任意东西，无所执无所系，心中无所恐惧警惕。
箱庾：借指庄稼等收成储积。"箱"意为有盖有底的方形盛物器。"庾"意为露天的无顶盖谷仓。高谈：大声谈论。喔（wà）噱（jué）：乐不可支。相抗：相接。訾（zǐ）：非议。迕：违背，相抵触。物：指他人或外界环境。浩荡：心无所系的样子。怵惕：恐惧警惕。

清·王翚《岩栖高士图》,藏北京故宫博物院。

郦道元

水经注(节选)

郦道元(466或472—527),字善长,范阳郡涿县(今河北省涿州市)人,北魏地理学家、散文家。曾任北魏御史中丞、关右大使等。著有《水经注》。

据郦道元《水经注序》"余少无寻山之趣,长违问津之性……窃以多暇,空倾岁月,辄述《水经》,布广前文。……脉其枝流之吐纳,诊其沿路之所躔,访渎搜渠,缉而缀之。……所以撰证本《经》,附其枝要者,庶备忘误之私,求其寻省之易"等语,可见作者与汉末以来很多自称本性爱好山水的士族人士有别,并无寻山问津的雅兴,他之所以广泛阅读前人地志等书籍,且尽量亲自访渎搜渠,似乎纯出于"布广前文"的严谨的学术兴趣。

清代陈运溶在《荆州记序》中曾说:"郦注精博,集六朝地志之大成。"现代学者已经证实,《水经注》存在大量征引同时及前代地志等书籍成分,并非完全出自郦道元身体力行的"访渎搜渠"。如《水经注·江水注》关于三峡山水的一段优美文字常为人所称引,其实直接引自刘宋盛弘之《荆州记》(见前盛弘之《荆州记》篇)。

钱锺书对吴均《与施从事书》《与朱元思书》《与顾章书》三《书》作论述时,曾将吴均之《书》与《水经注》作过比较,在赞许郦注写景时的轻倩之笔优点时,也对其表现佳山异水时的前后自相蹈袭之蔽有所揭示:

吴之三书与郦道元《水经注》中写景各节,轻倩之笔为刻画之词,实柳宗元以下游记之具体而微。吴少许足比郦多许,才思匹对,尝鼎一脔,无须买菜求益也。《与朱元思书》:……"水皆漂碧,千丈见底,游鱼细石,直视无碍";……按参观《水经注·洧水》:"绿水平潭,清洁澄深,俯视游鱼,类若乘空矣",又《夷水》:"虚映,俯视游鱼,如乘空也","空"即"无碍",而以"空"状鱼之"游"较以"无碍"状人之"视",更进一解。"夹岸高山,皆生寒树,负势竞上,互相轩邈,争高直指,千百成峰";按参观论鲍照《登大雷岸与妹书》,《水经注》中乃成熟语,如《河水》:"山峰之上,立石数百丈,亭亭桀竖,竞势争高",又《汝水》:"左右岫壑争深,山阜竞高",又《灅水》:"双峰共秀,竞举群峰之上。""蝉则千转不穷,猿则百叫无绝";按参观《水经注·江山》:"猿啼至清,山谷传响,泠泠不绝。"《与顾章书》:"森壁争霞,孤峰限日";按参观《水经注·易水》:"南则秀峰分霄,层崖刺天",又《滱水》:"岫嶂高深,霞峰隐日",又《灅水》:"高峦截云,层陵断雾",又《济水》:"华不注山单椒秀泽,不连丘陵以自高,虎牙桀立,孤峰特拔以刺天",又《江水》:"重岩叠嶂,隐天蔽日。""吴、郦命意铸词,不特抗手,亦每如出一手焉。然郦《注》规模弘远,千山万水,包举一篇,吴《书》相形,不过如马远之画一角残山剩水耳。幅广地多,疲于应接,著语不免自相蹈袭,遂使读者每兴数见不鲜之叹。反输只写一邱一壑,匹似阿阅国之一见不再,瞥过耐人思量。"(钱锺书:《管锥编·全梁文卷六〇》,第1456页)

在钱锺书先生看来,《水经注》文字不但与吴均三《书》相比,所在多有自相蹈袭之弊;与北朝另一部笔记体作品《洛阳伽蓝记》相比,"《伽蓝记》雍容自在,举体朗润,非若《水经注》之可惋在碎也"(《管锥编·全北齐文卷三》,第1509页)。

尽管在目光锐利的现代文学批评家眼里,《水经注》存在种种不足,但是无可置疑,由郦道元根据之前地志等著述集大成而撰就的地理学名著《水经注》,虽然作为"舆地之书,模山范水是其余事",但它"刻划景物佳处,足并吴均《与朱元思书》而下启柳宗元诸游记"(《管锥编·〈焦氏易林〉》,第539页),在我国古代文学史上影响颇巨。

夷水又迳宜都北,东入大江,有泾、渭之比,亦谓之佷山北溪。水所经皆石山,略无土岸。其水虚映,俯视游鱼,如乘空也。浅处多五色石,冬夏激素飞清,傍多茂木空岫,静夜听之,恒有清响。百鸟翔禽,哀鸣相和,巡颓浪者,不觉疲而忘归矣。①

据《水经注》卷三七《夷水注》,陈桥驿《水经注校证》,北京:中华书局,2013年,第827页。

明·吴伟《长江万里图》,藏北京故宫博物院。

① "夷水又径宜都北"数句,夷水又流经宜都北,东入长江,江水与清澄的夷水相比,如同清浊悬殊的泾水与渭水。夷水又被称为佷山北溪,水流所经过之处都是石山,全无土岸。夷水清澈透明,俯视可见水底的鱼如若凌空凭虚而游。水浅的地方多五色石头,冬夏之间冲击出洁白澄澈的水花。旁边多茂密的林木和空的洞穴,静谧的夜里常能听到清越的声响。百鸟飞翔,哀悽动听的叫声此唱彼和,令逆流前行之人不再觉察自己的疲劳,忘记归家。

夷水:清江的古称,长江一级支流。宜都:今湖北省宜都市。佷(héng)山:山名,位于湖北省长阳县西北。略无:全无。虚映:清澈透明。乘空:凭虚凌空。空岫:空的洞穴。颓浪:向下流的水势。

河水又东北会两川,右合二水,参差夹岸连壤,负险相望。河北有层山,山甚灵秀,山峰之上,立石数百丈,亭亭桀竖,竞势争高,远望参参,若攒图之托霄上。其下层岩峭举,壁岸无阶,悬岩之中,多石室焉。室中若有积卷矣,而世士罕有津达者,因谓之积书岩。① 岩堂之内,每时见神人往还矣,盖鸿衣羽裳之士,练精饵食之夫耳。俗人不悟其仙者,乃谓之神鬼,彼羌目鬼曰唐述,复因名之为唐述山。指其堂密之居,谓之唐述窟。其怀道宗玄之士,皮冠净发之徒,亦往栖托焉。② 故《秦川记》曰:

① "河水又东北会两川"数句,黄河之水又在东北与两川相汇,右面合并入二水,参差不齐地夹着河岸,土地相连,凭借着险固的地形相对望。河的北面有很灵秀的重重叠叠之山,山峰之上屹立着数百丈的石头,高耸矗立,仿佛争相攀比气势和高度,远远望去高低不齐,仿若叠聚的图绘依托于云霄之上。其下山岩高高耸起,崖壁之间无有阶梯,悬崖之中有许多石室。室中仿佛堆有不少卷帙,世间之人罕有能够找到途径到达者,因此称它为"积书岩"。
连壤:接壤,交界。负险:凭借险固的地形。相望:相对,互望。层山:重叠的山。亭亭:高耸直立的样子。桀竖:矗立。参参(cēn):长短、高低不齐。攒(cuán)图:叠聚的图绘。峭举:高高耸起。层岩:高耸的山岩。《水经注·巨马水》:"层岩壁立,直上干霄,远望崖侧,有若积刀。"积卷:堆叠的卷帙。津达:津逮,通过一定的津渡到达目的地。

② "岩堂之内"数句,洞窟之内,常能见到神人来来往往。大抵是衣着奇异、服食丹药的神人吧。世俗之人不了解他们是仙人,于是称他们为神鬼。羌人认为鬼叫"唐述",又因此称"唐述山",指称唐述山平缓山峰上的居所为"唐述窟"。那些胸怀大道、宗尚玄学的人士,也会到唐述窟栖居。
岩堂:洞窟,石穴。盖:文言虚词,表示大概如此。鸿衣羽(转下页)

河峡崖傍有二窟：一曰唐述窟，高四十丈；西二里有时亮窟，高百丈，广二十丈，深三十丈，藏古书五笥。亮，南安人也。①

据《水经注》卷二《河水注》，陈桥驿《水经注校证》，北京：中华书局，2013年，第42页。

北魏永安元年(528)樊保僑等造释迦牟尼像，藏北京故宫博物院。

（接上页）裳：以羽毛为衣裳，指神仙的衣着。练精：修炼凝神专一。饵食：服丹食药。羌：古代西部的少数民族之一。目：看待，认为。唐述：羌人称神鬼之名，也是山名。堂密之居：平缓山峰上的居所。

① "故《秦川记》"数句，因此《秦川记》曰：河道悬崖旁有两座石窟，一座称作"唐述窟"，高四十丈；往西面二里远有"时亮窟"，高百丈，广二十丈，深三十丈，藏有五笥古书。时亮是南安人。

《秦川记》：刘宋郭仲产著，又称《秦州记》。峡：两山夹着的水道。笥(sì)：竹制容器。亮：据《太平御览》注谓："唐述、时亮皆古之孝行士也。"南安：今甘肃陇西县。按，本条《水经注》所涉唐述窟、时亮窟，即清代以来称为"炳灵寺"的石窟群在北魏时的情形，这些石窟位于今甘肃永靖县西黄河北岸的小积石山唐述谷中。

陶弘景

答谢中书书

陶弘景(456—536),字通明,丹阳秣陵(今江苏南京)人,南朝著名道教学者、医药家、炼丹家和文学家。齐高帝时,为诸王侍读,官至奉朝请。梁时隐于句曲山(今江苏茅山),设帐授徒,自号"华阳隐居"。梁武帝屡加礼聘,不肯出山。但朝廷每有大事,无不咨询,时人称他为"山中宰相"。逝后,获赠大中大夫,谥贞白先生。著述甚多,有《真诰》《本草经集注》《集金丹黄白方》《二牛图》《华阳陶隐居集》等,《陶隐居集》现仅存明人辑本。

《答谢中书书》是陶弘景给谢中书微(一说是徵)的回信,现存这封书信最早收录者是《艺文类聚》,被归在"隐逸"类,由类书节录作品的性质及陶弘景其他现存较长篇幅的书信来看,我们今天看到的《答谢中书书》当只占原信很小比例,显非陶弘景原文完篇。从现存这些语句中,我们无从确切了解陶弘景原信主旨是侧重山水描写,抑或这些有关山水的描写只是用以展现归隐的乐趣之一。

《答谢中书书》仅存的这一节文字,在后世颇受好评,为历代选本和文学史类著述所青睐。本书之所以选录这节文字,不仅因其表现山水比较优秀,还在于陶弘景在六朝山水文学发展中自觉的承续意识。关于陶弘景表现山川美景如何成功之论甚多。例如,《六朝文絜》的笺注者、清人黎经诰,针对"山川之美"至"沉鳞竞跃"一节文字作笺注时,评道:"演迤澹沱,萧然尘壒之外。得此一书,何谓'白云不堪持赠'?"至于陶弘景这段文字在六朝山水文学发展史上的地位，可以由该文"欲界之仙都"一句窥见一斑。这几个字不仅令人联想到孙绰的《游天台山赋》，还指向以山水作品著称后世的康乐公谢灵运。仙都意象恰是管窥六朝山水文学生成与演变的一条线索。

山川之美,古来共谈。高峰入云,清流见底。两岸石壁,五色交晖。青林翠竹,四时俱备。晓雾将歇,猿鸟乱鸣;夕日欲颓,沉鳞竞跃。实是欲界之仙都。① 自康乐以来,未复有能与其奇者。②

据《艺文类聚》卷三七,上海:上海古籍出版社,1999年,第669页。

清·王时敏《仿黄公望山水图》,藏北京故宫博物院。

① "山川之美"数句,山川的美好,是古往今来人们共同谈论的话题。高峰直插云霄,溪流清澈见底。两岸的石壁,色彩缤纷,交相辉映。青林翠竹,四时齐备。晨雾刚刚消失,猿鸟齐声乱鸣;夕阳将要下山时,深水下面的鱼儿竞相跳跃。这可真是人世间的仙都啊。

歇:消失。颓:下坠,下降。沉:深。欲界:原为佛教用语,三界之一,包括地狱、人间和六欲天等,以贪欲炽盛为其特征,后用以指尘世、人世。仙都:神话传说中仙人聚集居住的地方。孙绰《游天台山赋》有"陟降信宿,迄于仙都"语。

② "自康乐以来"两句,自从谢康乐迄今,未再出现能用恰切的文字称扬这些山川之奇异的人。

康乐:刘宋谢灵运曾袭封康乐公,世称谢康乐,他生平喜欢山泽之游,有许多优美的山水诗文传世,这些涉及山水的诗文在谢灵运生前身后颇受推崇。与:赞许,称扬。

下篇

六朝山水文研究

两晋山水文的书写与演变

六朝山水文学向来是学界研究热点,对于这一中国文学之珍,很多学者尝试过不同的切入角度,已有不少启迪来者的深入探讨。① 综观现有的讨论范畴和切入角度,涉及六朝山水诗的研究成果丰富多彩,相比较而言,对同期山水文的研究虽有高华平②、莫砺锋③等学者作过比较深入的探讨,但现存大部分研究不是流于见木不见林的专题研究,便是停留在单人单篇个案研究的阶段,学界对于六朝山水文的重视程度与总体评价,均明显低于山水诗。

揆诸六朝山水文的创作实际,现存赋、记、序、书、辞等各体作品不但数量颇多,而且篇幅一般比诗体长,形式也相对自由,同一作者笔下的山水文蕴含的信息常会多于诗歌,可以说,它们在我国山水文学艺术史上的意义并不亚于山水诗。有鉴于此,下文尝试以文本为中心,选择六朝山水文学发展前期的两晋主要山水文作品,旁征晋以前具有源头意义的创作,梳理两晋文士和佛、道中人重要山水文中表现的具体行游衷旨和

---

① 如萧驰《诗与它的山河:中古山水美感的生长》,从"思想的天空"下落到产生中国诗的山河大地,结合案头研究与实地考察,关注中国古典文学山水美感话语形构中的纷杂和繁复状态,对包括六朝山水诗在内的中古山水书写作了非常翔实的剖析。萧驰:《诗与它的山河:中古山水美感的生长》,北京:生活·读书·新知三联书店,2018年,第8页。
② 高华平:《佛理嬗变与文风趋新——兼论晋宋间山水文学兴盛的原因》,《中国社会科学》1994年第5期。
③ 莫砺锋:《南朝山水文初探》,《中国文学研究》1996年第1期。

大致创作理念,寻绎他们对既有山水书写范型所作的承继与超越,从而对晋宋山水文章的书写与演变作一大概的勾勒。

一、作为欲界逸乐之场的山水

回顾西晋之前的山水书写,除去恶山恶水,作者笔下的佳山水不是帝子王孙宴嬉的巨丽苑囿,就是富贵之士良田广宅的依傍之所,均为非富即贵者的娱目欢心之场。晋宋之交的谢灵运在其《山居赋》中,对他之前涉及苑囿或庄园山水的文学传统曾作过初步检讨:

> 昔仲长愿言,流水高山;应璩作书,邙阜洛川。势有偏侧,地阙周员。铜陵之奥,卓氏充钒概之端;金谷之丽,石子致音徽之观。徒形域之荟蔚,惜事异于栖盘。至若凤、丛二台,云梦、青丘,漳渠、淇园,橘林、长洲,虽千乘之珍苑,孰嘉遁之所游。且山川之未备,亦何议于兼求。

在谢氏看来,仲长统希求高山流水之畔、有沟壑水池环绕、竹林果木和场面一应俱全的良田广宅,应璩欲求背靠邙山、面临洛水、茂林在侧的良田美宅,卓王孙的临邛山川和石崇的金谷园,以及历代帝子王孙的凤丛二台、云梦、青丘、漳渠、淇园、橘林、长洲,均不具备栖息隐遁之义①。历代帝子王孙的苑囿均是域中极富丽之地,显然不具备精神栖居之意。那么后世歆羡的仲长统、石崇等人的良田美宅理想呢?据《后汉书》本传:

> 统性俶傥,敢直言,不矜小节,默语无常,时人或谓之狂生。每

---

① 《宋书·谢灵运传》,北京:中华书局,1974年,第1755—1756页。

州郡命召,辄称疾不就。常以为凡游帝王者,欲以立身扬名耳,而名不常存,人生易灭,优游偃仰,可以自娱。欲卜居清旷,以乐其志,论之曰:

使居有良田广宅,背山临流,沟池环匝,竹木周布,场圃筑前,果园树后。舟车足以代步涉之艰,使令足以息四体之役。养亲有兼珍之膳,妻孥无苦身之劳。良朋萃止,则陈酒肴以娱之;嘉时吉日,则亨羔豚以奉之。躕躇畦苑,游戏平林,濯清水,追凉风,钓游鲤,弋高鸿。讽于舞雩之下,咏归高堂之上。安神闺房,思老氏之玄虚;呼吸精和,求至人之仿佛。与达者数子,论道讲书,俯仰二仪,错综人物。弹《南风》之雅操,发清商之妙曲。消摇一世之上,睥睨天地之间。不受当时之责,永保性命之期。如是,则可以陵霄汉,出宇宙之外矣。岂羡夫入帝王之门哉!①

仲长统在对立身扬名诸事有点幻灭后,希求自娱自乐独善其身的人生。具体来说,就是与家人一起安逸地住在优美富足的庄园中,不时有朋友欢宴游乐。畋游之余,或闺房养身,或与通达之人玩赏琴书,过一种全身远害的逍遥生活。但是正如后人所讥,仲长统希冀用来"乐其志"的"清旷"之地并不清旷,他所追求的是在富庶丰饶的庄园别业中,享受弋钓之乐和琴书之娱的富贵逸乐生活,这般依山傍水的良田广宅,且其中舟车童仆和沟池动植诸种物产一应俱全,显然非一般人所敢想望。

再来看颇为晋人称道的《金谷诗序》。西晋石崇曾邀请友朋在自己的金谷涧中宴游集会,与会众人赋诗,成《金谷诗集》,他为之作序一篇,志得意满地炫耀自己"有别庐在河南县界金谷涧中":

去城十里,或高或下,有清泉茂林、众果竹柏、药草之属,金田十

---

① 《后汉书·仲长统传》,北京:中华书局,1965年,第1644页。

顷,羊二百口,鸡猪鹅鸭之类,莫不毕备。又有水碓、鱼池、土窟,其为娱目欢心之物备矣。①

石崇《金谷诗序》不厌其烦地罗列涧中丰饶的土地物产:果树、竹子、树木、各种药草和一望无垠的金田,以及鸡鸭鹅和猪羊等禽畜,可以想见,石崇完全沉浸在富裕的大庄园主的沾沾自喜中。正如谢灵运所论,这样的金谷园呈现出的只是某个地区的繁盛华丽景象,其情其景均与隐遁栖息之意无涉。石崇志在庄园别业之富丽,而非林木水泉本身之美,与后来作者高尚其事栖息盘游的林泉之志显然不同。

这种罗列庄园山水中繁盛物产的山水文写法并非由石崇发端,他只是在沿袭之前文学(包括仲长统)中庄园山水一类书写的传统。无论山川苑囿,还是庄园别业,都还只是物质层面的娱目欢心之物,是作者和他的游从们畋游欢宴的场所。汉代体现帝国伟大的那些大赋中表现的巨丽的苑囿如此,归田一类后世山水文学常会溯之为源头的小赋其实也是如此。以张衡的《归田赋》为例,该赋表现的是在美好的仲春之月,到山川原隰中尽情嬉戏游乐的情形:

于是仲春令月,时和气清,原隰郁茂,百草滋荣。王雎鼓翼,鸧鹒哀鸣,交颈颉颃,关关嘤嘤。于焉逍遥,聊以娱情。尔乃龙吟方泽,虎啸山丘。仰飞纤缴,俯钓长流。触矢而毙,贪饵吞钩。落云间之逸禽,悬渊沉之鲨鰡。于时曜灵俄景,系以望舒。极般游之至乐,虽日夕而忘劬。感老氏之遗诫,将回驾乎蓬庐。弹五弦之妙指,咏周、孔之图书。挥翰墨以奋藻,陈三皇之轨模。苟纵心于物外,安知荣辱之所如。②

---

① 严可均:《全晋文》卷三三,北京:中华书局,1958年,第1651页。
② 严可均:《全后汉文》卷五三,北京:中华书局,1958年,第769页。

赋中"般游"即燕嬉游乐。赋文始于"极般游之至乐",终于回驾蓬庐,以琴书自遣,忘怀荣辱。一再强调自己在川原中得以娱目欢心的快乐。张衡在《南都赋》里,也曾写过"夕暮而归,其乐难忘。斯乃游观之好,耳目之娱"①。这种在自然中娱情游乐的表现,可以说近承之前的汉赋——尤其是汉大赋中帝王群臣在苑囿中宴嬉游乐的传统,远承孔子、曾点"莫春者,春服既成,冠者五六人,童子六七人,浴乎沂,风乎舞雩,咏而归"②的传统,体现的是安逸富足。

西晋时期石崇等人的金谷之游接续的正是上述这种以山水为欢宴之场的传统。上文提及的《金谷诗序》如此,其《思归叹并序》"出则以游目弋钓为事,入则有琴书之娱"③,与张衡更是如出一辙。这种从容地在自然山水和田园中悠游纵放的传统,在后来的山水田园文学传统中一直绵延不绝,陶渊明《桃花源记》所叙桃源神界中人也未尝不如此。因为细析之,世外桃源也是外傍佳山水,内有"良田美池桑竹之属"④,世外之人在其中怡然自得。

石崇之后的主要山水作品,无论衷旨落在儒或是佛还是道,在进入兴怀冥想的衷旨之前,都会或多或少承袭之前山水书写中享受视听之娱的桥段,如孙绰《游天台山赋》的"恣心目之寥朗,任缓步之从容",王羲之《兰亭诗序》的"游目骋怀,足以极视听之娱,信可乐也"⑤,袁崧《宜都记》"仰瞩俯映,弥习弥佳,流连信宿,不觉忘返。目所履历,未尝有也"⑥,庐山诸道人《游石门诗序》"虽乐不期欢,而欣以永日",谢灵运《山

---

① 萧统:《文选》卷四,《日本足利学校藏宋刊明州本六臣注文选》,北京:人民文学出版社,2008年,第74页。
② 刘宝楠:《论语正义》卷十四《先进》,上海:上海书店,1986年,第257页。
③ 严可均:《全晋文》卷三三,第1650页。
④ 袁行霈:《陶渊明集笺注》卷六,北京:中华书局,2011年,第329页。
⑤ 陈祚明:《采菽堂古诗选》,上海:上海古籍出版社,2008年,第393页。
⑥ 陈桥驿:《水经注校证》卷三三,北京:中华书局,2013年,第754页。

居赋》的"取水月之欢娱"①,盛弘之《荆州记》的"清荣峻茂,良多趣味"②,等等。

二、山水超越域中意义的生发

石崇之后尤其是现存东晋的山水作品,即使发生在类似的庄园别业中,却已在纵情宴游之外,增添了新的元素,传统文士和佛道中人逐渐在作品里表现自己在山水中澄怀玄想观道的心路历程。文士中可举以为典型的例子当然非王羲之莫属。

东晋永和九年(353),王羲之与谢安、孙绰等四十几位名士在山阴(今浙江绍兴)兰亭修禊雅集,众人临流赋诗之后,王羲之作了一篇《兰亭诗序》:

> 永和九年,岁在癸丑,暮春之初,会于会稽山阴之兰亭,修禊事也。群贤毕至,少长咸集。此地有崇山峻岭,茂林修竹,又有清流激湍,映带左右,引以为流觞曲水,列坐其次。虽无丝竹管弦之盛,一觞一咏,亦足以畅叙幽情。
>
> 是日也,天朗气清,惠风和畅,仰观宇宙之大,俯察品类之盛,所以游目骋怀,足以极视听之娱,信可乐也。
>
> 夫人之相与,俯仰一世,或取诸怀抱,悟言一室之内,或因寄所托,放浪形骸之外。虽趣舍万殊,静躁不同,当其欣于所遇,暂得于己,快然自足,不知老之将至。及其所之既倦,情随事迁,感慨系之矣。向之所欣,俯仰之间,已为陈迹,犹不能不以之兴怀。况修短随化,终期于尽。古人云:死生亦大矣,岂不痛哉!③

---

① 谢灵运:《山居赋》,沈约:《宋书·谢灵运传》,第1760页。
② 陈桥驿:《水经注校证》卷三三,第754页。
③ 据神龙本《兰亭帖》。

兰亭雅集的饮酒、赋诗、撰序等系列活动,均与西晋石崇等人的金谷涧聚会有一定的可比性,《兰亭诗序》的撰作与《金谷集序》更是有趣的对照。据《世说新语》记载,"王右军得人以《兰亭集序》方《金谷诗序》,又以己敌石崇,甚有欣色"。《序》文记述众名士在山水相映的清和自然中临流饮宴赋诗,与金谷集会的赫然势焰迥异,"一觞一咏,亦足以畅叙幽情"的兰亭集会,展现的是一种雅致的风度。名士们放眼远眺,舒展胸怀,尽享视听之娱。但在记述美景美酒赏心乐事的文字之后,作者突然开始感慨快意适足之事俯仰之间化为陈迹,嗟悼人生修短无常,终期于尽,怀疑《庄子》的"一死生""齐彭殇"的达观思想是虚妄无稽的,认为人无法在生死之间彻底释然,《序》文字里行间表现出作者面对山水自然的欣喜和对有情生命的无限眷恋。

可以想见,王羲之等人聚会的会稽山阴之兰亭周边,当与西晋时候洛阳郊畿的金谷涧类似,同为颇富良田美池和丰饶物产的地区,是豪贵士大夫的行乐之场,石崇等人连续数天的金谷之游,正是以金谷涧为游乐之所的,现存潘岳《金谷集诗》和石崇《金谷诗序》所展现的正是如此。但到了王羲之等人的兰亭雅集,与会者留下的文字中对兰亭周边的崇山峻岭、茂林修竹、流觞曲水等或多或少作了些描写后,不再步趋之前宴游的丝竹管弦之乐,也没有张衡、仲长统等人的弋钓之娱,而是以山水之娱为契机,进而开始冥想人生。

如果说王羲之等人还只是由山水兴怀谈玄,感悟人生,到了沉浸于玄、佛思想的孙绰《游天台山赋》中,域中山水视听之娱的意义愈发被淡化,山水有了超越于域中或欲界的意义。

据《文选》注,孙绰为永嘉太守时,有意辞免官职,退隐山林。他听说天台山神奇秀异,可以长往,于是使人图绘天台形状①。这篇《游天台山赋》是他根据天台山图画和当时流传的《内经·山记》一类图书,想象虚

---

① 《日本足利学校藏宋刊明州本六臣注文选》卷十一,第 172 页。

构而成。

该赋"济楢溪而直进,落五界而迅征。跨穹隆之悬磴,临万丈之绝冥"等语,将山与水相对描写,正是后来谢灵运等人山水文学作品常用的写作模式。文中关于道家神仙和佛教罗汉的想象,将道家和佛教遁世、与自然浑然为一的观念与山水描写结合的样式,也赋予了后世山水文学许多基本面貌。孙绰明确将天台山与"域中"相对,如果天台可以攀登,哪里还需要羡慕传说中的仙山曾城?只需放下域中所有的依恋,在仙境尽情享受超越尘世的高尚之情①。那么,他所描绘的"仙都"是怎样一番景象呢?

> 陟降信宿,迄于仙都。双阙云竦以夹路,琼台中天而悬居。珠阁玲珑于林间,玉堂阴映于高隅。彤云斐亹以翼棂,皦日炯晃于绮疏。八桂森挺以凌霜,五芝含秀而晨敷。惠风伫芳于阳林,醴泉涌溜于阴渠。建木灭景于千寻,琪树璀璨而垂珠。王乔控鹤以冲天,应真飞锡以蹑虚。骋神变(《文选》六臣本作"辔",今据李善本改)之挥霍,忽出有而入无。②

这样的神仙出没起居之所,有高入云天的楼观和玉台,掩映于林间的精巧的珠阁,高山一角深邃的宫殿。美丽的彩云承扶着窗格,皎皎白日照耀着绮丽的窗户。寒冷季节,八株桂树高高挺立,抵御着严霜。晨朝时分,五种灵芝含秀吐荣。山南树林里惠风中满蕴着芳香,山北清渠里甘甜如醴的泉水哗哗地流淌着。神异的建木高大无枝,立于天地之中,日中无影;玉树垂下璀璨的宝珠。仙人王子乔乘着白鹤升天而去,罗汉携着锡杖蹈空而行。道家众仙和佛教罗汉等,在仙都里驰骋神通变化,出于无有,入于无为。

---

① 《日本足利学校藏宋刊明州本六臣注文选》卷十一,第173页。
② 同上书,第174页。

诸如《游天台山赋》上述一类仙都、仙道之类的描写，远溯可至楚辞《离骚》《远游》和《庄子》等，近源则曹植、阮籍、郭璞游仙一类诗歌。但是，之前对仙境的描写都比较简略，非东晋之后的这些山水之文可以比拟。如很可能给予孙绰创作启发的郭璞《游仙诗》"京华游仙窟"一首，虽然赋中"灵溪"之类意象和遥想的山林都来自郭诗，但孙赋明显铺张翔实多了。

与山水作为娱游之所的书写渐成某种范型类似，描绘仙境和仙道之人在晋宋山水文艺表现中也逐渐固定为一种程式，不但如所周知在诗歌中多有类似表现①，当时的山水画创作模式也可以旁证此点。孙绰写赋时所面对的本就是一幅天台山图画。顾恺之的《画云台山记》里，虽然没有《游天台山赋》仙都里的玉台珠阁和宫殿，但是他所罗列的庆云，映日的空青色的空水与坚云般的紫石，下据绝涧的丹崖和深涧中的桃树，险绝丹崖之上神清气爽的道教天师和神色不一的弟子王良、赵升等，婆娑体仪的凤鸟和饮水的白虎，再加上特别点缀的双阙和绕山的清气，俨然一派规模具备的仙都景象，所谓"神明之居，必有与立焉"②，这正是顾恺

---

① 如支遁《咏禅思道人并序》："孙长乐作道士坐禅之像，并而赞之，可谓因俯对以寄诚心，求参焉于衡扼，图岩林之绝势，想伊人之在兹。余精其制作，美其嘉文，不能默已，聊著诗一首，以继于左，其辞曰：云岑竦太荒，落落英峛布。回壑伫兰泉，秀岭攒嘉树。蔚荟微游禽，峥嵘绝溪路。中有冲希子，端坐摹太素。自强敏天行，弱志慾无欲。玉质凌风霜，凄凄厉清趣。指心契寒松，绸缪谅岁暮。会衷两息间，绵绵进禅务。投一灭官知，摄二由神遇。承蜩垒危丸，累十亦凝注。玄想元气地，研几革粗虑。冥怀夷震惊，泊然肆幽度。曾筌攀六净，空同浪七住。逝虚乘有来，永为有待驭。"（逯钦立：《先秦汉魏晋南北朝诗·晋诗》卷二十，北京：中华书局，1983年，第1083页。）孙长乐即根据载籍和天台山图画创作《游天台山赋》的孙绰。
② 顾恺之《画云台山记》与此相应的原文为："山有面，则背向有影，可令庆云西而吐于东方清天中。凡天及水色，尽用空青，竟素上下以映日。
西去山：别详其远近。发迹东基，转上未半，作紫石如坚云者五六枚。夹冈乘其间而上，使势蜿蟺如龙，因抱峰直顿而上。下作积冈，使望之蓬蓬然凝而上。次复一峰，是石，东邻向者峙峭峰，西连西向之丹崖下据绝涧。画丹崖临涧上，当使赫巇隆崇，画险绝之势。天师坐其上，合所坐石及荫。宜涧中，桃傍生石间。画天师瘦形而神气远，据涧指桃，回面谓弟子。弟子中有二人临下，到身大怖，流汗失色。作王良穆然坐答问，而超升（按应为赵升）神爽精诣，俯盼桃树。又别作王、赵趋。一人隐西壁倾岩，余见衣裾，一人全见室中，使轻妙泠然。（转下页）

之刻意营求的效果。

三、因咏山水与证悟体道

山水自东汉发展至晋宋,除了被描绘为欢宴散怀之所、兴怀谈玄之地、玄想之仙都神界,在晋宋的佛教徒笔下,因咏山水则被表现为佛教思想的证悟过程。

"少慕老庄之道"、也爱谈佛的孙绰《游天台山赋》中虽然融入了佛教罗汉、锡杖等意象和"泯色空"等理念,但总体上说该赋其情其景还是玄学意味更浓。比孙绰、顾恺之或许稍晚的庐山诸道人《游石门诗序》则呈现出另一种截然不同的倾向。

> 石门在精舍南十余里,一名障山,基连大岭,体绝众阜。辟三泉之会,并立而开流。倾岩玄映其上,蒙形表于自然,故因以为名。此虽庐山之一隅,实斯地之奇观。皆传之于旧俗,而未睹者众。将由悬濑险峻,人兽迹绝,径回曲阜,路阻行难,故罕经焉。
>
> 释法师以隆安四年仲春之月,因咏山水,遂杖锡而游。于时交徒同趣三十余人,咸拂衣晨征,怅然增兴。虽林壑幽邃,而开途竟

(接上页)凡画人,坐时可七分,衣服彩色殊鲜微,此正盖山高而人远耳。
中段:东面丹砂绝嶝及荫,当使嵥峨高骊,孤松植其上。对天师所壁以成涧,涧可甚相近,相近者,欲令双壁之内,悽怆澄清,神明之居,必有与立焉。可于次峰头作一紫石亭立,以象左阙之夹,高骊绝嶝。西通云台以表路,路左阙峰,似岩为根,根下空绝,并诸石重势岩相承以合东涧。其西,石泉又见,乃因绝际作通冈,伏流潜降,小复东出,下涧为石濑,沦没于渊。所以一西一东而下者,欲使自然为图。云台西北二面,可一图冈绕之,上为双碣石,象左右阙。石上作狐游生凤,当婆娑体仪,羽秀而详,轩尾翼以眺绝涧。
后一段:赤岍,当使释弁如裂电。对云台西凤所临壁以成涧,涧下有清流。其侧壁外面,作一白虎,匍石饮水。后为降势而绝。
凡三段,画之虽长,当使画甚促,不尔不称。鸟兽中时有用之者,可定其仪而用之。下为涧,物景皆倒。作清气带山下三分倨一以上,使耿然成二重。"顾恺之:《画云台山记》,陈传席:《六朝画论研究》,天津:天津人民美术出版社,2015年,第93—94页。

进。虽乘危履石,并以所悦为安。既至,则援木寻葛,历险穷崖,猿臂相引,仅乃造极。于是拥胜倚岩,详观其下,始知七岭之美,蕴奇于此。双阙对峙其前,重岩映带其后,峦阜周回以为障,崇岩四营而开宇。其中则有石台、石池、宫馆之象,触类之形,致可乐也。清泉分流而合注,渌渊镜净于天池。文石发彩,焕若披面。怪松芳草,蔚然光目。其为神丽,亦已备矣。

斯日也,众情奔悦,瞩览无厌,游观未久,而天气屡变。霄雾尘集,则万象隐形。流光回照,则众山倒影。开阖之际,状有灵焉,而不可测也。乃其将登,则翔禽拂翮,鸣猿厉响。归云回驾,想羽人之来仪;哀声相和,若玄音之有寄。虽仿佛犹闻,而神以之畅;虽乐不期欢,而欣以永日。当其冲豫自得,信有味焉,而未易言也。退而寻之,夫崖谷之间,会物无主,应不以情,而开兴引人,致深若此,岂不以虚明朗其照,闲邃笃其情邪?并三复斯谈,犹昧然未尽。俄而太阳告夕,所存已往。乃悟幽人之玄览,达恒物之大情。其为神趣,岂山水而已哉。

这篇序写于东晋隆安四年(400)仲春佳月的山水之游,落脚于佛教思想。整篇文字其实具体而微地体现了释慧远"情有会物之道,神有冥移之功。但悟彻者反本,惑理者逐物"①的思想。

序文始叙石门奇观位于"庐山之一隅",尽管比较广泛地传之于人口,但亲见者少。为什么这么好的奇观少人问津呢?因为至石门的山路"悬濑险峻""路阻行难"。读者只有通篇读下来,再回头看这段开首的文字,才会恍然大悟作者其实用意颇深。石门奇观的考察发现与欣赏过程,正是慧远等人所倡的佛教泥洹思想的求索与证悟过程。

接着描写同行的三十余人兴致勃勃地快速步上通向石门的旅程,沿

---

① 释慧远:《沙门不敬王者论·形尽神不灭第五》,张景岗:《庐山慧远大师文集》,北京:九州出版社,2014年,第9—10页。

途经过了幽深邃远的森林涧壑,令人步履艰难的崎岖山道,有时只能像猿猴般互相牵引着攀爬险绝的山崖。过程虽然艰险,但大家都以前方的美好愿景来鼓励自己,最终到达目的地石门涧。最后果然不负众望,石门坐拥形胜,庐山七岭的奇异景观仿佛蓄积在此,如阙高耸的双石对峙屹立,重岩叠嶂周回,其间点缀着各种触类可形的石台、石池、宫馆,瀑布分流高悬,潭水明镜般清澈,又有各色绚丽的岩石和茂盛的林木芳草,可以说完全具备了神丽之境的标准。

文中"斯日也,众情奔悦,瞩览无厌"一段可谓释慧远"情有会物之道"的写真,山谷间的天气变幻莫测,霄雾和流光轮番上场,仿佛有灵,归云和哀音令人联想到来仪的羽人和玄远奇妙之音。

"虽仿佛犹闻,而神以之畅"一节可以说是慧远"神有冥移之功"思想的体现。"退而寻之"以下,"虚明朗其照,闲邃笃其情邪?乃悟幽人之玄览,达恒物之大情。其为神趣,岂山水而已哉"等语,恰是慧远"悟彻者反本"的具体诠解。作者认为,三十余位交徒同趣石门的同道中人,属于"悟彻反本"者,他们在空虚明朗、闲邃深远的山水面前,并未止步于单纯的流连其耳目之游观,也即"惑理者逐物",而是在神奇妙异的山水中彻悟,通达万物常情之神趣,不再"以生累其神",无论是得道成仙的希冀,还是与物俱化的老庄思想,都不再执着,到达"神仙同物化,未若两俱冥"的冥神绝境。

"因此而推,形有巨细,智亦宜然。乃喟然叹宇宙虽遐,古今一契。灵鹫邈矣,荒途日隔。不有哲人,风迹谁存?应深悟远,慨焉长怀。各欣一遇之同欢,感良辰之难再"①的结语,如同王羲之《兰亭诗序》结语"每览昔人兴感之由,若合一契,未尝不临文嗟悼,不能喻之于怀",均将作者的感想置于浩大无垠的宇宙中。差异在于,《兰亭诗序》是文士的感慨遣怀,《游石门诗序》是佛教徒的证悟体道。这与两《序》所体现的不同思想

---

① 严可均:《全晋文》卷一六七,第2437页。

倾向有关，前者与道家关系较大，后者则体现了浓厚的佛教思想色彩。

综而论之，前文所述无论是欢宴之地，还是仙境，抑或是玄想和证悟之场，作者都是将山水作为某一主旨的附庸或依傍之所。山水由附庸终于成为作者叙写的主体，其本真自然的美成为作者细心观照的主体，直到东晋方开始悄然出现。正如钱锺书所论：

> 尝试论之，诗文之及山水者，始则陈其形势产品，如《京》《都》之赋，或喻诸心性德行，如山川之颂，未尝玩物审美。继乃山水依傍田园，若茑萝之施松柏，其趣明而未融，谢灵运《山居赋》所谓"仲长愿言""应璩作书""铜陵卓氏""金谷石子"，皆"徒形域之荟蔚，惜事异于栖盘"，即指此也。终则附庸蔚成大国，殆在东晋乎。袁崧《宜都记》一节足供标识："常闻峡中水疾，书记及口传，悉以临惧相戒，曾无称有山水之美也，及余来践跻此境，既至欣然，始信耳闻之不如亲见矣。其叠崿秀峰，奇构异形，固难以辞叙。林木萧森，离离蔚蔚，乃在霞气之表。仰瞩俯映，弥习弥佳，流连信宿，不觉忘返。目所履历，未尝有也。既自欣得此奇观，山水有灵，亦当惊知己于千古。"游目赏心之致，前人抒写未曾。六法中山水一门于晋、宋间应运突起，正亦斯情之流露，操术异而发兴同者。
>
> 人于山水，如"好美色"，山水于人，如"惊知己"；此种境界，晋、宋以前文字中所未有也。①

钱锺书所提袁崧对于西陵峡中奇异风景的欣赏，并以西陵峡知己自居的现象，即发现山水的欣喜与自得，在晋、宋之际释慧远和陶渊明身上也有体现。如《世说新语·规箴》刘孝标注引《法师游山记》载慧远语：

---

① 钱锺书：《管锥编·全后汉文卷八九》，北京：中华书局，1986 年，第 1036—1038 页。

> 自托此山二十三载,再践石门,四游南岭,东望香炉峰,北眺九江。传闻有石井方湖,中有赤鳞踊出,野人不能叙,直叹其奇而已矣。①

陶渊明《游斜川诗序》中写道:

> 辛丑岁正月五日,天气澄和,风物闲美。与二三邻曲,同游斜川。临长流,望曾城,鲂鲤跃鳞于将夕,水鸥乘和以翻飞。彼南阜者,名实旧矣,不复乃为嗟叹。若夫曾城,傍无依接,独秀中皋。遥想灵山,有爱嘉名。欣对不足,共尔赋诗。②

"彼南阜者,名实旧矣,不复乃为嗟叹",意思是南阜已为众所周知,不必再去嗟叹,"若夫曾城,傍无依接,独秀中皋",曾城则不一样,还少人问津,因此突出独秀中皋的曾城,并因之联想到灵山。

总而论之,若要整体领会两晋山水文学创作趋向,欲界和神界之类不同范式的发展演变,即石崇等人物产丰饶的别业庄园山水,孙绰、顾恺之、陶渊明等人作品想象之仙都、仙境或神界③,王羲之等人在山水中澄怀,慧远和庐山诸道人的以山水为佛教教义证悟之场,可以说是一条比较可行的切入途径。另外,若要对南朝的山水文学发展有更清楚的了解,必须对两晋山水文的创作演变有比较清晰的认识。例如,两晋山水文诸种范式在谢灵运文字中虽留有痕迹,但是谢灵运的山水诗文予以大力发扬的显然是袁崧、慧远、陶渊明等人作品中开始出现的对山水自然本真之美的叙写。

---

① 余嘉锡:《世说新语笺疏》,上海:上海古籍出版社,1993年,第572页。
② 袁行霈:《陶渊明集笺注》卷二,第63—64页。
③ 陶渊明《桃花源诗》云:"奇踪隐五百,一朝敞神界。淳薄既异源,旋复还幽蔽。借问游方士,焉测尘嚣外。愿言蹑清风,高举寻吾契。"(袁行霈:《陶渊明集笺注》卷六,第330页)

南朝书札中山水书写的
文献问题与文学评价[①]

南朝书札向来是南朝文学史上颇受人关注的一个领域,六朝或南朝文的各类选本中书札一般都是大宗[②]。以许梿评选的《六朝文絜》为例[③],该书收录最多的一体便是书,有十七篇,占全书近四分之一。其中,鲍照《登大雷岸与妹书》、萧纲《与萧临川书》和《与刘孝绰书》、陶弘景《答谢中书书》、吴均《与宋元思书》和《与顾章书》、陈叔宝《与詹事江总书》、周弘让《复王少保书》,以及由南入北之王褒《与周弘让书》等作品山水描写的内容在后世广受赞扬。这类模山范水内容的南朝作品自唐以来一直受到论者的特别关注,逐渐被冠以山水尺牍、山水书札、山水小札、山水小品等称谓。细究起来,它们主要有两个方面特别吸引人:其一,变之前充满玄理色彩的山水书写的酷不入情为融情于景,或谓情景交融、情景相融。这类称扬在古今论述中在在都是,毋需赘引。其二,变之前山水书写的冗长滞涩为素澹简练。如许梿评吴均《与顾章书》:"简澹高素,绝去铿钉艰涩之习。吾于六朝,心醉此种。"评吴均《与宋元思书》:"扫除浮艳,澹然无尘,如读靖节《桃花源记》、兴公《天台山赋》。此

[①] 史学界一般以宋、齐、梁、陈为"南朝",本文从之。
[②] 关于"六朝"概念的理解和使用自古至今虽有差异,但宋代以还,除少数例外,一般均将"六朝"作为与"汉魏"相对的晋至唐前的几个朝代。
[③] 该书所选除一篇西晋陆机之作与几篇北朝作品,均为南朝宋以下人或由南入北作者之作。

费长房缩地法,促长篇为短篇也。"①无论是"简澹高素,绝去饾饤艰涩之习",还是"促长篇为短篇",着眼的都是这些书札文学表现上简练、素澹的风格。许梿之心醉六朝这类简澹高素之书,正与其《六朝文絜》一书推崇简练之文的宗旨相契,书名之"文絜"便来自《文心雕龙》"析辞尚简"②,崇尚遣词造句简练之作。

现代学者对这些书札的评价,大致类此。如钱锺书论吴均《与施从事书》《与朱元思书》《与顾章书》三书:"按前此模山范水之文,惟马第伯《封禅仪记》、鲍照《登大雷岸与妹书》二篇跳出,其他辞、赋、书、志,佳处偶遭,可惋在碎,复苦板滞。吴之三书与郦道元《水经注》中写景各节,轻倩之笔为刻画之词,实柳宗元以下游记之具体而微。"③惋惜之前的辞、赋、书、志等涉及山水的作品虽然偶有佳处,却琐碎呆板,赞扬《水经注》和吴均三篇书札刻画山水轻倩灵活,正与许梿前后相承。

这些含有山水书写的南朝书札,是否果真如许梿、钱锺书等古今论者所言,均为绝去饾饤艰涩或琐碎板滞之习的简澹精炼之作?是否已由讲求实用性的书简演变成融情于景的纯文学美文?换言之,后人对南朝许多模山范水书札的美好印象,是否完全符合南朝相关文类的发展实际?若想回答这些问题,恐怕不能局限于单纯的文学领域,需从这些涉及山水的南朝书札的文献问题开始辨析。

一、南朝书札中山水书写的文献问题

以手抄本形式流传的南朝人作品,在商业印刷广泛流行之前的南北朝至唐五代,历经频仍的战乱和各种灾害,亡佚严重,不少现存南朝作品是通过唐代编撰的类书流传下来。早期类书常是这些现存作品后代重

---

① 许梿:《六朝文絜》,上海:上海古籍出版社,2020年,第156、154页。
② 刘勰:《文心雕龙·物色》,北京:中华书局,2012年,第524页。
③ 钱锺书:《管锥编·全梁文卷六〇》,北京:中华书局,1986年,第1456页。

辑时的唯一来源,如历来享有盛誉的陶弘景、吴均等人的书札,由于诸人原集早就失传,现存这些文字全赖唐初欧阳询等修撰的《艺文类聚》(以下简称"《类聚》")得以留存。作为分门别类辑录资料的《类聚》《北堂书钞》《初学记》等类书,所录内容都是按照特定主题摘录作品中最相关的文字,每则文字不但占原文篇幅比例往往很小,且多是跳着摘引的非连贯之文。对于依赖类书留存下来的唐前书札,若既未见流传有序的别集本存留,也无其他更详细的存录者,因此无从直接证明文献原貌如何,便只能参照唐前同类作品的流传情况,推测与原篇的大致关系。

一般来说,现存两部南朝编撰的总集《文选》和《玉台新咏》收录的诗、文都是完整篇幅。因此,同时被这两部总集和《类聚》等类书收录的现存作品,都适合用以考察类书收录的体例。由于本文研究对象主要是书札,因此先从《文选》和《类聚》所录书札中择例说明。

首先看魏应璩的《与满公琰书》:

> 徒恨宴乐始酣,白日倾夕。骊驹就驾,意不宣展。追惟耿介,迄于明发。适欲遣书,会承来命。知诸君子,复有漳渠之会。西有伯阳之观,北有旷野之望。高榭翳朝云,文禽蔽绿水。沙场夷敞,清风肃穆。是泉台之乐也,得无流而不反乎?适有事务,须自经营。不获侍坐,良增悒悒。①

与《文选》卷四二《书》类所录相比,《类聚》所录应璩这段文字,仅占原文五分之二左右的篇幅。

再看丘迟的《与陈伯之书》,该书《类聚》仅录下面一段:

> 将军勇冠三军,才为世出,弃燕雀之小智,慕鸿鹤以高翔。昔因

---

① 欧阳询:《艺文类聚》卷二八《人部·游览》,上海:上海古籍出版社,1982年,第508页。

> 机变化,遭遇明主,立功展事,开国称孤,朱轮华毂,拥旄万里,何其壮也!如何一旦为奔亡之虏,闻鸣镝而股慄,对穹庐以屈膝,又何劣邪!暮春三月,江南草长,杂花生树,群莺乱飞,见故国之旗鼓,感平生于畴昔。抚弦登陴,岂不怆恨?所以廉公之思赵将,吴子之泣西河,人之情也,将军独无情哉?①

丘迟该书此段文字正是后人经常征引的一段,但仅占《文选》所录者五分之一多一点。

不但将《文选》与《类聚》相比可以见出后者摘录原文篇幅规模,将《类聚》摘录者与其他偶尔通过别集幸存下来的完篇相比,也可见到类似现象。如鲍照作品,《四库全书总目提要》根据其时所见鲍照集"文章皆有首尾,诗赋亦往往有自序自注",认为鲍照集虽为后人重辑,但是"与六朝他集从类书采出者不同,殆因相传旧本,而稍为窜乱欤"?② 集中《登大雷岸与妹书》一文,也见于《类聚》,但题目已简称作《与妹书》,所录文字非但存有不少异文,其篇幅仅为别集所传版本原文的五分之二左右③。为便于比较分析,现将别集本鲍书征引如下,有下划线者为《类聚》未录部分。

> 吾自发寒雨,全行日少,<u>加秋潦浩汗,山溪猥至,渡沔无边,险径游历</u>,栈石星饭,结荷水宿,<u>旅客贫辛,波路壮阔,始</u>以今日食时,仅及大雷。途登千里,日逾十晨,<u>严霜惨节</u>,悲风断肌,去亲为客,如何如何!

---

① 欧阳询:《艺文类聚》卷二五《人部九·说》,第 452 页。
② 永瑢等:《四库全书总目》卷一四八《鲍参军集》提要,北京:中华书局,1965 年,第 1274 页。
③ 欧阳询:《艺文类聚》卷二七《人部·行旅》,第 497—498 页。按,《类聚》所引鲍文与鲍照别集本相比,尚有很多词义文字差异,但本文意不在校勘个别文字,故未予一一说明,仅在《类聚》未录文字下加下划线。

向因涉顿,凭观川陆;遨神清渚,流睇方瞩;东顾五州之隔,西眺九派之分;窥地门之绝景,望天际之孤云。长图大念,隐心者久矣!

南则积山万状,负气争高,含霞饮景,参差代雄,凌跨长陇,前后相属,带天有匝,横地无穷。东则砥原远隰,亡端靡际。寒蓬夕卷,古树云平。旋风四起,思鸟群归。静听无闻,极视不见。北则陂池潜演,湖脉通连。苎蒿攸积,菰芦所繁。栖波之鸟,水化之虫,智吞愚,强捕小,号噪惊聒,纷乎其中。西则回江永指,长波天合。滔滔何穷,漫漫安竭!创古迄今,舳舻相接。思尽波涛,悲满潭壑。烟归八表,终为野尘。而是注集,长写不测,修灵浩荡,知其何故哉!

西南望庐山,又特惊异。基压江潮,峰与辰汉相接。上常积云霞,雕锦缛。若华夕曜,岩泽气通,传明散彩,赫似绛天。左右青霭,表里紫霄。从岭而上,气尽金光,半山以下,纯为黛色。信可以神居帝郊,镇控湘汉者也。

若潨洞所积,溪壑所射,鼓怒之所豗击,涌澓之所宕涤,则上穷荻浦,下至狶洲;南薄燕爪,北极雷淀,削长埤短,可数百里。其中腾波触天,高浪灌日,吞吐百川,写泄万壑。轻烟不流,华鼎振淬。弱草朱靡,洪涟陇蹙。散涣长惊,电透箭疾。穿溢崩聚,坻飞岭复。回沫冠山,奔涛空谷。磋石为之摧碎,碕岸为之鳖落。仰视大火,俯听波声,愁魄胁息,心惊慓矣!

至于繁化殊育,诡质怪章,则有江鹅、海鸭、鱼鲛、水虎之类,豚首、象鼻、芒须、针尾之族,石蟹、土蚌、燕箕、雀蛤之俦,折甲、曲牙、逆鳞、返舌之属。掩沙涨,被草渚,浴雨排风,吹涝弄翮。

夕景欲沈,晓雾将合,孤鹤寒啸,游鸿远吟,樵苏一叹,舟子再泣。诚足悲忧,不可说也。风吹雷飙,夜戒前路。下弦内外,望达所届。

寒暑难适,汝专自慎。凤夜戒护,勿我为念。恐欲知之,聊书所睹。临途草蹙,辞意不周。①

如果单看《类聚》所录这些文字,是否也可加之以许梿所称"此费长房缩地法,促长篇为短篇也"? 只不过促长篇为短篇者不一定是作者有意为之,原作很可能就是如同赋作一样漫漫铺写而成,只是类书编撰者依据时代文艺风气和个人偏好,强为之促长篇为短篇。如若不是鲍照该文大体内容有幸留存至今②,论者对这篇书札很可能也会予以简絜一类评语。

鲍照该书最为近现代以来论者称道的是其融情于景的表现特点。钱锺书《管锥编》推崇该书不但"鲍文第一",也无愧"宋文第一",并对书札中融情于景的语句极尽赞扬:

> "思尽波涛,悲满潭壑",按二句情景交融,《文心雕龙·物色》所谓"目既往还,心亦吐纳"者欤。"波涛"取其流动,适契连绵起伏之"思",……"潭壑"取其容量,堪受幽深广大之"悲",……然波涛无极,言"尽"而实谓"思"亦不"尽";潭壑难盈,言"满"则却谓"悲"竟能"满"。二语貌同心异,不可不察尔。"若濯洞所积,溪壑所射"至"樵苏一叹,舟子再泣"一节,按足抵郭璞《江赋》,更饶情韵。《文选》采郭赋而弃此篇,真贻红纱蒙眼之讥,尚非不收王羲之《兰亭集序》可比也。③

耐人寻味的是,对于钱先生和很多论者击节赞赏的鲍书体现情景交融的语句甚至段落,《类聚》几乎尽数削落,如上引钱先生"若濯洞所积"以下

---

① 钱仲联增补集说校:《鲍参军集注》卷二《书》,上海:上海古籍出版社,1980年,第83—85页。
② 按,根据古代书信格式,鲍照《登大雷岸与妹书》严格意义上说还并非完篇,至少书札抬头和结尾题署均未留存。
③ 钱锺书:《管锥编·全宋文卷四七》,第1313—1314页。

一段,《类聚》所录文字仅存其十分之一左右。之所以删落这些文字,或许《类聚》编撰者对于后来论者日渐重视的融情于景的艺术特点尚无兴趣。且不论其删落的真实原因,这种删节行为本身难免令人怀疑:依赖早期类书留存下来的予人印象简洁的南朝其他书札,其原作是否也包括"漫无边际"铺叙的部分?

上述应璩、丘迟、鲍照三书一类的例子举不胜举,此处毋需一一罗列。由此已经可以确定,南朝文学不论是书札,还是其他文体文类,现存作品若未见其他更早的总集、别集收录,唐代类书是其唯一流传源头,那么几乎可以肯定现存文字仅占该作品有限篇幅。假如现存的是模山范水的书札,其实现存篇幅很可能在原作中只是占很小比例的山水点衬,如丘迟《与陈伯之书》中"暮春三月"一节文字仅占原书篇幅两成——这两成的文字还并非尽是描摹山水。以此类推,后人交口称赞的陶弘景《答谢中书书》等,大概率也作如是观,他们原书很可能另有衷旨,中心意旨非必山水。在原书文本中,这些模山范水的文字既非主体,后人所拟的"山水尺牍""山水书札""山水小札""山水小品"的称呼,实属强为之名。这种强为之名看似将涉及山水的书信归为一类,方便后人把握和理解南朝山水文,实则顾此失彼。由于现存这些涉及山水的书札残篇几乎都出自刘宋中后期至齐梁,因此论者整体观照六朝山水文学史时,便会不加辨析,难免得出一些偏颇的结论,如前引许梿与钱锺书的评论等。我们不免疑惑,如果许梿、钱锺书所面对的不是由《类聚》存录下来的吴均三《书》断章,而是比现存文字多出三五倍的首尾具备的原文,这多出的文字中不但有其他叙事议论,还有类似鲍照《登大雷岸与妹书》中承袭早期大赋按东西南北等方位平平铺写的景物,或者如谢灵运《山居赋》中巨细靡遗被后人评为涩滞的风景描写,他们是否会有不一样的阅读感受?

现代很多学者已经意识到文献学与文学研究相结合的重要性,论述文献不足征的先唐文学更需要时时留意及此。南朝涉及山水书写的书札的这类文献问题辨析,其实不但关乎读者对这些书札本身艺术价值的评价,也关乎我们对六朝山水文书写的整体认识。如果我们在论述六朝山水文时,晋和刘宋初期挑出的主要是孙绰《游天台山赋》、谢灵运《山居赋》一类中长篇作品,刘宋中后期以还罔顾沈约《郊园赋》、刘骏《山栖志》、庾信《小园赋》一类承续晋及宋初谢灵运《山居赋》同类题材的长篇之作,专门撷取经过类书编撰者有意删节的残篇断章,如陶弘景《答谢中书书》等书札,通过比较这些案例得出的结论,必然会是六朝山水文的发展从晋、刘宋初期至齐梁时代发生了质的飞跃,从饾饤艰涩的山水长文突然进化至简澹高素的山水小品。

二、南朝书札模山范水
内容的程式化问题

论者之所以毫无保留赞扬南朝中后期具有模山范水内容的书札,除了未留意现存这类书札的残篇断章性质,还有一个尚未引起足够重视的原因,即在敦煌所存手抄本文献被发掘整理之前,人们几乎无由认识到,六朝人对山水的书写——尤其书札中的山水书写部分,实则从魏晋开始,便出现了程式化倾向,刘宋中后期以还的南朝山水观念的总体发展趋势,更使得这种程式化书写倾向在齐梁时代愈演愈烈。

日本学者小尾郊一在论述南朝文学中所表现的自然与自然观时,曾提到一个现象,即萧纲《答湘东王书》等南朝书札的自然描写,"大都位于每一篇'书'的开头,很像现在的书简文开头的气候叙写"。译者邵毅平教授注释道:"作者这里所指的似乎是日本书信的书写习惯,因为日本的比较正式的书信在开头一般都应有气候叙写,称为'时候のあいさつ',而中国的书信则一般没有这种书写习惯。"① 其实,我们现在书信中踪迹全无、日本尚保存的这种书札开头的气候叙写,正袭自我国中古时期的书

---

① 小尾郊一著,邵毅平译:《中国文学中所表现的自然与自然观——以魏晋南北朝文学为中心》,上海:上海古籍出版社,1989年,第207页。

信传统。这便是我国最晚西晋开始,在唐五代敦煌地区仍在流行的书仪。《中国文学中所表现的自然与自然观》一书的作者和译者,无意中触及了中日文学交流史中一个很有趣的现象,即在古代深受中国文化影响的日本,至今仍幸存一些我们已经失传并且陌生的文化遗产,书信开头的气候叙写便是其中一个典型的例子。

据现存唐前零散记载,古代中国人很早就意识到书札的重要性。东汉蔡邕曾云:"相见无期,惟是笔疏,可以当面。"①"笔疏"即书疏、书札。古代交通不便,亲朋好友一旦分别,经常是长久别离,互相传递信息和感情的书札在生活里更具有举足轻重的地位,对于社交活跃、讲求繁文缛节的贵胄子弟和文人士大夫,书札更是日常交流必备。既然相见未有期,又受传统礼节影响,讲求雅致的古人分外看重这类见字如晤面的社交书札,笺、札、书、启一类作品从抬头称谓到结尾落款,每个细节都草率不得。颜之推入北后所撰《颜氏家训》谓"江南轻重,各有谓号,具诸书仪"②,说的就是南朝书札中对称谓的格外讲究。在书札本身的见字如面功能和交往礼仪的影响下,月仪、书仪一类作品应运而生。

或许与现今的教辅类材料无法流传久远相似,古代月仪、书仪类文字也很少长远流传的,在日用百科全书式的类书等书籍流行后,功用单一的月仪、书仪类作品更容易丧失其留存价值。因此可以理解,现存南朝书仪类作品,除了唐初类书《初学记》保存的一条王羲之《月仪书》"日往月来,元正首祚;太簇告辰,微阳始布;罄无不宜,和神养素"外,仅有西晋索靖《月仪帖》端赖法书幸存至今。现引其两组月仪,用以具体展示西晋书仪基本面貌:

　　八月具书君白:南吕应化,中秋告凉,敬想令问,福履多宜。山

---

① 徐坚:《初学记》卷二一《文部·笔第六》,宋刻本配钞补。
② 王利器:《颜氏家训集解》卷二《风操第六》,上海:上海古籍出版社,1980年,第86页。

川缅邈,信理希寡,谈面既阔,音问又疏。倾首延怀,无日不劳,想笃分好,不孤其勤。亦见信忆旧,裁因数字,行人彭彭,俱数相闻。君白。

　　君白:世清道治,圣化光洽,明于博采、唯贤是务。足下以神龙之贾应景风之求,足陟天阁而德闻四海,允彼具瞻,副此群望,窃从草泽,慷慨增愿。君白。

　　九月具书君白:无射改卦,广莫布气,气度凉和,宜时顺节。路乖人隔,邈若天逾,翘首延思,远莫致之。君子笃好,想齐往分,不胜伫企饥渴之怀,故书表问,不能畅情。君白。

　　君白:昔忝同门,滥攀君子,子以逸群之才,当贯三千之首,登堂入室,研道之奥,虽明暗殊品,每亦希颜。至以乖隔,孤陋退外,旷道离友,益以墙面,无因之积,以书所敬。君白。①

　　这些帖子无论是描绘时令气候,叙述友朋之间思念之怀,还是答书对朋友才行德令的赞扬和自谦之词,几乎都是文质彬彬的四、六字句。月仪书仪发展到骈风美文盛行的齐梁,更讲求典雅优美。据史载,"沈诗任笔"之誉中的任昉,"八岁能属文,自制月仪,辞义甚美"。②从这则记载可见出,齐梁时人对月仪书仪一类书札程式文字的热衷程度,也可见其撰作衷旨即在辞义极尽美丽。遗憾的是,《隋书·经籍志》所载数种南朝人所撰书仪均未能流传下来。

　　所幸,敦煌写本文献中现存一些书仪。因此契机,结合传世文献中涉及书仪的零散记载,敦煌学研究者对我国书仪传统作了细致的梳理和论述,关于先唐书仪,周一良有过精到的分析:

---

① 严可均:《全晋文》卷八四,北京:中华书局,1958年,第1947页。
② 李延寿:《南史·任昉传》,《百衲本二十五史》,杭州:浙江古籍出版社,1998年,第1027页。

所谓书仪,是写信的程式和范本,供人模仿和套用。这种性质的书,可以上溯到西晋著名书法家索靖。他留下了所书《月仪》,每月两通,以四字句为主。一通开始是带有标题性的"正月具书,君白",接着结合月份说一些有关气候的寒暄话,再进入正文,如阔别叙旧之类,末尾又以"君白"结束。君字是用来代替人名的。另一通的性质,则是对前者的复信。……南北朝时,内容比月仪更广泛的书仪流行起来。……据《隋书·经籍志》史部仪注类所载,属于书仪性质的著作有十一种……值得注意的是,除《僧家书仪》之外,十种之中,出于王谢高门之手的书仪占五种。……大约王弘、王俭等人的书札和礼法,被当时士流所推重,成为模仿的典范。掌握他们写信的风格体裁,是士族高门文化修养的内容。①

这段梳理文字中有两点值得注意:一是至少从西晋起,书札撰写便已有程式范本可循,而且程式范本按月编排,每通去信都有抬头、时令气候相关的寒暄语、阔别叙旧一类正文和结尾组成。二是《隋书·经籍志》所载书仪类著作多有出自(或托名)王谢高门之手者,士族高门的书札范式或许格外受人推崇。

敦煌写本文献中现存一种唐朝前期书仪,鉴于唐朝前期文学对南朝文学的承续性,这一种幸存的唐人书仪或可供我们推测南朝人书仪大概情况。赵和平予以考证:

据斯六一八〇及写卷内容,我们定名为《朋友书仪》。这种书仪,除"十二月相辩文"外,其内容与唐人《月仪帖》相近,内容却远比之丰富。……据我们的初步研究,《朋友书仪》的撰写年代在唐朝前期,作者可能是高宗朝宰相许敬宗。……《朋友书仪》的主要特点是

---

① 周一良:《书仪源流考》,《历史研究》1990 年第 5 期,第 95—103 页。

具有较高的文学性,写景、抒情的文字优美,对仗工整,用典贴切。不少书札都可以和齐梁时的丘迟、吴均、陶弘景等人的书札相媲美。①

这种敦煌写本《朋友书仪》初衷是给"远在边陲的游子写给内地的书札"②作范例,由于唐代边陲地理位置与南朝京都建康等地相距甚远,其山川物候与江南江北都存在很大差异,但即使这样,我们还是能从唐代边陲书仪中看出它们与索靖、王羲之月仪,以及南朝书札之间的可类比之处。

赵和平提出:"《朋友书仪》的信札,酷似齐梁时的名篇,三月中说'娇莺百转,旅客羞闻,戏鸟游林,羁宾报见',与丘迟《与陈伯之书》中'暮春三月,江南草长,杂花生树,群莺乱飞'有异曲同工之妙。书仪中三月写景的另一段文字是'方今游蜂绕树,戏蝶营林,翠柳摇风,相(杨)桃影烂',写暮春之景清新可读。"现存文献中未见南朝书仪,但是由唐朝前期编撰的同类书仪现存面貌来看,他们与南朝友朋书札具有几乎一一对应的可比之处。结构上均是山川物候描绘+叙今昔之情+想象对方现况+盼望对方念旧回信,具体环节常有清晰可辨的抬头部分引领下文,如想象对方现况环节多用"想"字开头;遣词造句都是四六骈文,用事用典较多,"对仗工整,文辞雅丽,情景交融"③。如《朋友书仪·九月季秋》一则开篇"九月季秋(上旬云渐冷,中旬云已冷,下旬云极冷。无射),飔飔落叶,犹思万里之林;眇眇秋黄,折于江南之客"④,与简文帝萧纲《与萧临川书》"零雨送秋,轻寒迎节,江枫晓落,林叶初黄"、《答湘东王书》"暮春美景,风云韶丽,兰叶堪把,沂川可浴"等开篇均属于一个模式,简

---

① 赵和平:《敦煌写本书仪研究》(代前言),台北:新文丰出版公司,1993 年,第 11—12 页。
② 同上书,第 52 页。
③ 吴丽娱:《敦煌书仪与礼法》,兰州:甘肃教育出版社,2013 年,第 10 页。
④ 赵和平:《敦煌写本书仪研究·十二月相辩文》,第 92—93 页。

文帝两书在这样的山川物候描写后面,所接着写的对方景况、自己景况,也均与《朋友书仪》同构。

现将敦煌《朋友书仪》十月孟冬这则的部分文字与梁简文帝萧纲《与刘孝绰书》对读,以供具体领会两者的同构之处:

> 十月孟冬(上旬云薄寒,中旬云渐寒,下旬云已寒。 应钟)丰州地多沙碛,灵武境足风尘。黄河带九曲之源,三堡接斜川之岭。边城汉月,切长乐之行人;塞外风尘,伤金河之役士。遥看柳谷,结念思而榆多;眺望石门,悲伤心于宁远。……想上官逍遥林苑,转月扇而进凉;散诞风楼,摇青漂之歇袿。……今因去信,附塞外之行书;如有回人,往边城之寸札。①

> 执别灞浐,嗣音阻阔。合璧不停,旋灰屡徙。玉霜夜下,旅雁晨飞。想凉燠得宜,时候无爽。既官寺务烦,簿领殷凑。等张释之条理,同于公之明察。雕龙之才本传,灵蛇之誉自高。颇得暇逸于篇章,从容于文讽。顷拥旄西迈,载离寒暑。晓河未落,拂桂棹而先征;夕鸟归林,悬孤飚而未息。足使边心愤薄,乡思遭回。但离阔已久,载劳瘟疹。伫闻还驿,以慰相思。②

简文帝这篇书札大致结构是山川物候＋刘孝绰景况＋自己景况＋盼望回信。比较之下,这则敦煌书仪篇幅很长,除了结尾盼望对方答书与一般南朝书札一样,只有短短几句话,其他部分无论是描绘山川物候、叙旧致意(敦煌书札一般都是相思之情)、还是想象对方景况,都是不厌其烦罗列各种富有浓情厚意的华辞丽藻,目的不外乎为使用书札的人提供更多的文字选项。由这些唐代西北边隅流行的书仪文字,我们不难想象

---

① 赵和平:《敦煌写本书仪研究·十二月相辩文》,第93—95页。
② 许梿:《六朝文絜》,第142页。

《隋书·经籍志》所载数种南朝书仪文字当是紧紧贴合长江南北的节物风光。

书札仪轨对于作者撰作的影响很深远。王褒曾是南朝梁重臣,被俘入北后心怀江南,在南归希望破灭后,曾在长安写信给故人周弘让,托南朝使者带回。这封写于长安的书札在处理山川物候风壤时,王褒写道:"舒惨殊方,炎凉异节。木皮春厚,桂树冬荣。"(《与周弘让书》)①由南入北之人不惯北方寒冷气候,作品中偏好表现平生少经的北方严冬景象。② 在北方的王褒仍然沿袭之前在南朝熟悉的书仪模式,《与周弘让书》现存文字大致依然可见山川物候描绘+对方现状+自己现状的结构。

由上文论及的魏晋至唐五代的书仪和书札实例均可以看出,我国古代很长一段时期内,无论是在六朝文化高度发达的南方,还是南北文化融合之际和融合之后的北方,友朋往来书信开头都一度曾有兼具情景的山川物候叙写传统。唐代王维《山中与裴秀才迪书》开头"近腊月下,景气和畅"③等语,或也是书仪的痕迹留存。前述《中国文学中所表现的自然与自然观》一书所提的日本书信保留至今的"气候叙写"开篇,正承袭自我国中古时期的书仪传统。④

---

① 许梿:《六朝文絜》,第174页。
② 庾信入北后也曾写过"木皮三寸厚",王褒、庾信作品中的木皮、桂树均用汉代晁错《守边备塞议》"胡貉之地,积阴之处也。木皮三寸,冰厚六尺"和曹植《朔风诗》"桂树冬荣"典故。庾信:《和张侍中述怀诗》,逯钦立:《先秦汉魏晋南北朝诗》,北京:中华书局,1983年,第2371页。
③ 陈铁民:《王维集校注》卷十,北京:中华书局,2020年,第1029页。
④ 周一良先生的相关考述可以证明我们中古时期书仪无远弗届的影响:"早在唐代,已有书仪传入日本。藤原佐世的《日本国见在书目》(约成于宽平三年,即唐昭宗大顺二年,891)仪注类著录了传到日本的书仪达十种之多。刘宋的鲍昭《书仪》和谢朓的《书笔仪》大约由于不大适用,列在最后。……在藤原佐世之前,日本正仓院还藏有相传为奈良时期光明皇后(701—706)手写的《杜家立成杂书要略》一卷,也是从中国传入的书。此书包括三十六组书札,每组一题,如雪寒唤知故饮书、贺知故得官书、就知故乞粟麦书、呼知故游学书、同学从征不得执别与书等,皆附有答书。体裁以四字句为主,先结合季节寒暄,再进入本题。这种有往有来的体裁,与索靖《月仪》相同,但不是以月为题,而是涉及各个方面。"见周一良:《书仪源流考》,《历史研究》1990年第5期,第95—103页。

因此，南朝书札，尤其是出自贵胄和士人之手者，很多其实如同古人亦步亦趋模写的拟乐府，是按照特定的结构和遣词造句范例"填词"般填出来的。其中模山范水的文字，尤其是开头反映山川风土景象的部分，不能忽略书札的实用性质，毫无保留地称赞为情景交融或融情于景的书写。① 任昉"八岁能属文，自制月仪，辞义甚美"，虽说明当时有些人制作的月仪书仪有超出常人之处。但是，任昉月仪的"辞义甚美"，却难掩这样一个事实，即月仪一类文字的制作，基本都是闭门造车的文字游戏，我们很难期望八九岁的孩子已能融合需要生命历练体悟的情感到每月的物候景物中去。

若结合书札程式化问题和类书断章选录的文献特性，来看待现存依靠类书流传下来的南朝书札，我们可以辨析残章断篇文字的大致结构。参照现存唐朝前期的书仪样式，并根据现存这些书札共有结构和遣词造句模式抽绎出的大致"公式"，可以见出，除了开头的山川物候叙写，书札中的山水叙写还有一处也是书仪本有的范式，即中间叙旧情忆旧游时涉及的山水叙写。典型的如南朝齐刘善明致友人崔祖思书，其中间一段有云：

> 昔时之游，于今邈矣。或携手春林，或负杖秋涧，逐清风于林杪，追素月于园垂。②

这类忆旧游叙旧情的书札格式，可能比书札开头的气候叙写定型更早，因为现存汉魏之际曹丕等人书信中便已经常出现类似的段落，如曹丕《与朝歌令吴质书》：

---

① 如赵树功：《中国尺牍文学史》论萧纲《答湘东王书》"暮春美景，风云韶丽，兰叶堪把，沂川可浴"，"开篇16个字，……情深者情感幻象的自然流露。"（石家庄：河北人民出版社，第145页），论萧纲《与萧临川书》"零雨送秋，轻寒迎节，江枫晓落，林叶初黄"，"神来之笔……造语新绮，感觉细腻。"（第145页）
② 严可均：《全齐文》卷十八，北京：中华书局，1958年，第2893页。

每念昔日南皮之游，诚不可忘。……白日既匿，继以朗月。同乘并载，以游后园。清风夜起，悲笳微吟。①

南朝书札中间这类忆念旧日游从的自然描写，虽也属于书仪范式之一，但往往比开头的气候叙写更带感情色彩。作者对此应该已有明确意识。如丘迟《与陈伯之书》本旨在于劝降，他在陈情说理之中特地加入"暮春三月，江南草长，杂花生树，群莺乱飞"几句写景文字，目的便是想用对方曾经留恋的风景触动对方，从而帮衬中心主旨的实现。

南朝书札的开篇和中间叙旧部分山水描写，我们已有所了解：书札开头的山川风土景象多是程式化的套写，实无法证明其中是否有即景生情的自然情感流露；书札中间忆旧时的山水叙写虽较开头部分易融入感情，但也还是书札一代代承续发展的范式之一。那么，南朝书札中是否存在其他非书仪范式可规拟的山水描写呢？揆诸南朝书札实际，除了开头山川物候叙写和中间忆旧游部分，还有两类目前看来并无书仪范式可依规的山水书写。

一类是书札中的行游山水叙写，如鲍照《登大雷岸与妹书》。正如很多论者已经指出的，书札中这样大规模地书写山水，鲍照是第一人。该文虽是书札，却对铺叙山水的赋体多有继承，在南朝是创体，也是另类。现存文献中未见南朝人予以置评。正如上文所述，《艺文类聚》对该书仅录存其五分之二左右，将其按照不同方位铺陈和带有浓厚主观感情色彩的山水书写尽数削落，因为与其他南朝书札相比，这些都属于鲍照特立独行之处，尤其是融一己之情于山水的写作，即使在《类聚》编撰的时代也尚未获得尊崇。

另一类是陶弘景、吴均等人有隐逸之风的书札山水书写，由唐代山

---

① 《日本足利学校藏宋刊明州本六臣注文选》卷四二，北京：人民文学出版社，2008年，第645—646页。

水文的发展实际来看,它们才是真正有持续价值和意义的所在。

三、南朝书札中具有独立
##　　文学价值的山水书写

陶弘景《答谢中书书》现存文字,当类似丘迟《与陈伯之书》中占全书篇幅比例很小的写江南春景一节,是书札中的具体声色点衬,他们写信的主旨不在山水。但是与丘迟劝降书有别的是,陶弘景是有寻山之志者,其书被《类聚》收录在"隐逸"类,本旨大概是陈述隐逸之志或隐逸之乐。吴均其人虽非必如陶弘景一样志在寻山,但其三书所写山水却不外乎表现山水逸趣。《与顾章书》之言"仆去月谢病,还觅薜萝。梅溪之西,有石门山者。……山谷所资,于斯已办。仁智所乐,岂徒语哉"[1],《与施从事书》谓山水"信足荡累颐物,悟衷散赏"[2],《与宋元思书》之语"鸢飞戾天者,望峰息心;经纶世务者,窥谷忘反"[3],均可见出吴均沉浸江南山水并以山水本真之美散怀息心的逸兴,这正是他接续晋及刘宋前期山水文之处。

毋庸讳言,不论是陶弘景书札的山水点衬文字,还是段落较长的吴均三《书》山水书写,其中心意旨虽然非如地志类作品在于客观描述山水,流传下来的文字也不一定如鲍照《登大雷岸与妹书》一样具有比较完整的篇幅,但这类精美的模山范水断章对后世山水文学的积极影响却是无可置疑实实在在存在的。

统观南朝,除了陶弘景、刘骏、吴均一类有隐逸或幽居之志者,仍然对寻山陟岭葆有热情,大体而言自刘宋中后期开始,士夫阶层稀见谢灵运那样"爰初经略,杖策孤征。入涧水涉,登岭山行。陵顶不息,穷泉不

---

[1] 许梿:《六朝文絜》,第 155 页。
[2] 严可均:《全梁文》卷六十,北京:中华书局,1958 年,第 3305 页。
[3] 许梿:《六朝文絜》,第 153 页。

停。栉风沐雨,犯露乘星"①的山水爱好者,史书所载王羲之去官后遍游东中诸郡名山沧海,孔淳之在山水中穷尽幽峻乃至旬日忘归,宗炳遍览庐、衡、荆、巫,至老意犹未尽等等乐此不疲的行游现象,在齐梁时代也很少见到。很明显,随着魏晋以来玄、佛清谈之风的消歇和世家大族的整体衰落,南朝前期和后期人们的山水观念发生了很大变化。

魏晋至刘宋早期,无论是玄、佛之学,还是对山水的欣赏和晤对,几乎都为文化精英(主要由名士贵胄和少数精英僧道之徒组成)所专有。② 而且,文化精英不但有玄、佛等教养可沉浸,有些还具备夹山傍水的庄园别业等物质保障(慧远等释道之徒也有东林寺周边的庐山可尽兴游玩),即使无世家大族王谢那样的庄园别地产,如宗炳等人,也还是有余裕余力畅游天下。文化和物质上的双重保障使他们或者在自己的庄园别业中悠游容与,或者载欣载奔地归山归田,诗意地栖居于故山故园中,或者无所牵挂地畅游天下山水,这些生活阅历均赋予他们足够的能力写出视野高远阔大的山水作品。

南朝自刘宋中后期开始则不然,生存的环境日渐局促,留下山水文字的,除了对山水之游已逐渐丧失实际兴趣的皇子王孙,"居家之治,上漏下湿"③,必须躬自修缮的鲍照一类寒士自不用说已无暇晤对山水,即使登过高位的沈约、庾信等人,有些虽在荣宠时拥有京都建康郊区的园墅,但这类依山傍水的郊园显然无法望前代王谢等家族夹山傍湖的大庄

---

① 沈约:《宋书》卷六七,北京:中华书局,1974年,第1767页。
② 值得思考的是,不但以玄学为基础的清谈大致止于谢灵运,与玄学之兴相伴随的山水之恋也似乎在谢灵运逝后发生了很大变化。陈寅恪先生曾言:"《世说新语》记录魏晋清谈之书也。其书上及汉代者,不过追溯原起,以期完备之意。惟其下迄东晋之末刘宋之初迄于谢灵运,固由其作者只能述至其所生时代之大名士而止,然在吾国中古思想史,则殊有重大意义。盖起自汉末之清谈适至此时代而消灭,是临川康王不自觉中却于此建立一划分时代之界石及编完一部清谈之全集也。"陈寅恪:《陶渊明之思想与清谈之关系》,《金明馆丛稿初编》,上海:上海古籍出版社,1980年,第194页。
③ 鲍照:《请假启》,钱仲联:《鲍参军集注》卷二,第80页。

园之向背,沈约《郊居赋》、庾信《小园赋》等作品形容自己园墅的"陋宇""蓬荜"①或"数亩敝庐"②虽有自谦成分,但从具体规模上看,他们的京郊别墅规模上与前代世家大族的地产确实无法相比,③谢灵运《山居赋》一类体裁题材作品,发展到沈约、庾信,已是《郊居赋》和《小园赋》,山水文学的发展变化从这些作品的题名变化中也可见一斑。

在玄、佛等文化思想背景和庄园地产等发生较大变化的同时,刘宋中后期开始的南朝文士们对待山水的态度和实际行动均随之发生了变化。除了地志撰著者,大部分刘宋中后期的山水文作者只对京郊的园墅或寺庙道馆内外的山水津津乐道,不但孙绰对天台山和顾恺之对云台山一类的山水玄想开始稀见,晋宋之际宗炳等人那样有意畅游天下山水者,也是不复听闻。梁代萧恭曾有言:

> 下官历观时人,多有不好欢兴,乃仰眠床上,看屋梁而著书,千秋万岁,谁传此者,劳神苦思,竟不成名。岂如临清风,对朗月,登山泛水,肆意酣歌也。④

萧恭所谓"仰眠床上,看屋梁而著书",恐怕无意间揭露了齐梁时间"肤脆骨柔,不堪行步,体羸气弱,不耐寒暑"⑤的贵胄文士们创作的一种风气,这种未曾亲自登山陟岭,多靠阅读累积的知识写出的山水,只能是"胸中丘壑",也即萧统所津津乐道的:"不出户庭,触地丘壑。天游不能隐,山林在目中。冷泉石镜,一见何必胜于传闻。松坞杏林,知之恐有逾

---

① 严可均:《全梁文》卷二五,第3099页。
② 许梿:《六朝文絜》,第35页。
③ 李傲寒,陈引驰:《都城的延伸与分隔:齐梁诗赋中的京郊别业》,《山东师范大学学报》2021年第4期,第64—73页。
④ 李延寿:《南史·梁宗室下·南平元襄王伟传附萧恭传》,《百衲本二十五史》,第1011页。
⑤ 颜之推:《颜氏家训》卷四《涉务第十一》,王利器:《颜氏家训集解》,第295页。

吾就。"①

之前身体力行出游时欣赏的山水，到齐梁时代许多作者笔下，只剩下依傍园墅的京城郊区山水和郡斋目力眺望所能及的山水。后人在诠释《文心雕龙》"宋初文咏，体有因革，庄老告退，而山水方滋"②时，总是强调宋初开始发展兴盛的山水书写，而轻忽了一个文学发展趋势，即除了晋宋之际陶渊明、慧远等庐山诸道人、宗炳和谢灵运等人的山水之作，刘宋中后期开始的山水书写开始出现脱离实际行游体验，演变成文字游戏的倾向。

另外，在普遍"倦游"的情绪笼罩下，仕宦行旅中所历的山水几乎都着了作者悲凄的感情色彩，京都以外的山水似乎成了畏途，多了几分可怖可畏之处。鲍照《登大雷岸与妹书》的"险径游历""思尽波涛，悲满潭壑"便是这种山水观的典型写照，山水仿佛不再是独立的审美存在，而被赋予浓重的主观情感色彩。

这种主观情感笼罩山水自然本真之美的作品，在真心崇尚自然的人士看来，自然是不会有兴趣的。身历宋齐梁三代的道教徒陶弘景晚年所作的《答谢中书书》③，在具体描绘了山川之美后，论道："自康乐以来，未复有能与其奇者。"④在褒扬谢灵运山水创作的同时，陶弘景对刘宋中后期以还一百多年间其他的山水书写似乎视而不见。因为山水不受世俗控制的本真之美已经被特定境况下难免狭隘偏执的情感熏染，山水景物被书写的张力越来越小。这由《艺文类聚》摘录鲍照《登大雷岸与妹书》时尽削后人推崇备至的"思尽波涛、悲满潭壑"等语，或许正见出唐初之

---

① 萧统：《答晋安王书》，严可均：《全梁文》，第 3064 页。
② 刘勰：《文心雕龙·明诗第六》，第 65 页。
③ 陈振鹏、章培恒主编《古文鉴赏辞典》所收《答谢中书书》魏明安先生鉴赏中提及："谢徵任中书舍人的后限是公元 526 年，任中书郎在公元 532 年，都在陶弘景七十岁以后。故此篇当为陶弘景晚年所作。"上海：上海辞书出版社，2014 年，第 682 页。
④ 陶弘景：《答谢中书书》，《艺文类聚》卷三七《人部·隐逸下》，上海：上海古籍出版社，1982 年，第 669 页。

人尚无法接受这类主观色彩浓厚的山水书写。陶弘景对刘宋中后期至梁代山水书写的评价,并非纯属虚妄之言。如上文所述,刘宋中后期至梁代的山水观与之前相比发生了很多变化,由于玄学的消歇,魏晋至刘宋初精英人士登山陟岭穷尽山水之美的浓厚兴趣,自刘宋中后期开始逐渐寡淡。山水书写或者沦为文字堆砌的游戏,或者以胸中丘壑代替真实山水,沉迷书中"天游",或者满足于京城依傍郊园别墅或郡斋附近山水,如建康的钟山附近。

以刘宋中后期以还的山水观念和山水创作趋势为背景,我们可以更深刻理解陶弘景《答谢中书书》、吴均三《书》等书札中的山水书写的可贵之处。只有本性爱山水、且具备投身山水的行动力之主体,才能真正发现与自己相看两不厌的山水本真之美,并顺应文学语言发展实际,"情必极貌以写物,辞必穷力而追新"①,费心经营,将山水之美贴切而富有个性地表现出来。他们与六朝地志一起,成为唐代之后游记等类型崇尚简洁素澹的山水文学汲取营养的源泉。相比较而言,萧纲等人不少友朋书札中的山水书写,多是步趋模写特定书仪范式,虽不乏辞义甚美之作,却难免入于五四新文学时期陈独秀等人所谓的"贵族文学古典文学"之流,"失抒情写实之旨也"。②

---

① 刘勰:《文心雕龙·明诗》,第65页。
② 陈独秀:《文学革命论》,《新青年》1917年2月第2卷第6号。

晋宋之际山水本真之美的发现与叙写

人称"山中宰相"的陶弘景有一残篇《答谢中书书》流传至今,其获得古今论者交口称赞的山水描写部分如下:

> 山川之美,古来共谈。高峰入云,清流见底。两岸石壁,五色交辉。青林翠竹,四时俱备。晓雾将歇,猿鸟乱鸣;夕日欲颓,沉鳞竞跃。实是欲界之仙都①。

在这一段优美的山水书写后陶弘景论道:"自康乐以来,未复有能与其奇者。"这篇书札写于陶弘景晚年②,时属梁代中后期,若从此向前追溯,文学史上曾出现过众多模山范水的作品,包括康乐公谢灵运之前或同时的石崇、孙绰、王羲之、慧远、庐山诸释子、陶渊明等,以及之后鲍照、江淹等众多的诗文创作,陶弘景当时所能读到的精彩之作远非现在所能想望。那么,他为何会如此推崇谢灵运呢?答案即"能与其奇者"五字。

---

① 仙都,神话传说中仙人聚集居住的地方。孙绰《游天台山赋》有"陟降信宿,迄于仙都"语。
② 陈振鹏、章培恒主编《古文鉴赏辞典》所收《答谢中书书》魏明安先生鉴赏中提及:"谢微任中书舍人的后限是公元 526 年,任中书郎在公元 532 年,都在陶弘景七十岁以后。故此篇当为陶弘景晚年所作。"上海:上海辞书出版社,2014 年,第 682 页。

这五字其实包含了两点值得关注的信息：一是"奇"字,即山水本真之奇异;二是"能与"两字,"与"有称许之意,"能与"即有能力用语言文字给予称许。因此,"能与其奇者"不但要能够发现山水之奇,还要有足够的文字表达能力称颂出山水之奇。

一

谢灵运《山居赋》曾对西晋之前的山水审美作过批评,认为仲长统和应璩所希求的舟车童仆沟池动植一应俱全的良田美宅,历代帝子王孙豪贵们占有的山川苑囿,均被表现为域中极富丽之地,这些山水其实只是畋游欢宴之场。东晋开始的山水书写在纵放宴游之外,增添了以山水澄怀味道或玄想证悟的功能。如王羲之《兰亭诗序》记述众名士在山水相映的清和自然中饮宴赋诗,与石崇金谷集会的赫然势焰迥异,兰亭集会展现了雅士之风。王羲之既对之前石崇等山水书写中的丝竹管弦之乐予以否定,也未提汉代张衡、仲长统等所谓的弋钓之娱。孙绰《游天台山赋》、顾恺之《画云台山记》则将山水作了超越域中的阐发,庐山诸释子《游石门诗序》将石门之游的宗旨归于在神丽之境中证悟体道。总而言之,山水无论被作为畋游欢宴之场,还是仙境或玄想证悟之境,作者本意尚未落在山水本真之美上。

东晋至刘宋,随着奇山异水自然之美逐渐被揭示,之前发展起来的山水作为欢宴之地、仙境、玄思证悟之场的功能,在谢灵运作品中虽还有具体而微的体现,但却发生了不小的变化。以仙境的情结为例,谢灵运作品中虽仍有仙人仙境的意象遗存,但前代文学中一些著名的仙人仙境却常被作为山水流连时求索、怀疑、幻灭的对象。如他从永嘉回故乡始宁途中所作《归途赋》,便曾记叙自己在缙云逗留以搜寻黄帝遗迹的过程("停余舟而淹留,搜缙云之遗迹")。不过已不再执着于黄帝升仙一事,赋文"漾百里之清潭,见千仞之孤石。历古今而长在,经盛衰而不易",便是强调唯有这片千仞高的孤石,无论时间变迁和人世盛衰,岿然屹立在缙云山中。对仙人仙境的质疑与幻灭在其《入华子冈是麻源第三谷》诗中最为典型。

> 南州实炎德,桂树凌寒山。铜陵映碧涧,石磴泻红泉。既枉隐沦客,亦栖肥遁贤。险径无测度,天路非术阡。遂登群峰首,邈若升云烟。羽人绝髣髴,丹丘徒空筌。图牒复摩灭,碑版谁闻传?莫辩百世后,安知千载前。且申独往意,乘月弄潺湲。恒充俄顷用,岂为古今然!①

该诗开头直到"邈若升云烟"句,与之前论及的孙绰《游天台山赋》、顾恺之《画云台山记》、庐山诸释子《游石门诗序》相比,都是一个思路,无非描写所登游之处非同寻常的奇异险绝景象,以至作者不畏艰难登顶后,仿佛升到云烟之上。但至"羽人绝髣髴,丹丘徒空筌"一联,谢诗开始与前代类似意境分道扬镳,如屈原《远游》之突显羽人和长生不老之乡("仍羽人于丹丘,留不死之旧乡"),以及孙绰《游天台山赋》之寻求羽人之踪和长生不死之福地("仍羽人于丹丘,寻不死之福庭")。在谢灵运的山水世界——尤其是他后期的山水创作中,羽人与丹丘、图牒与碑版,均已踪迹全无。

他的山水书写开始将重心放在寻求奇山异水的过程,这种"异"绝非玄想的仙都或神丽之境,而是山水自然本身的神奇灵异之处。如"漾百里之清潭,见千仞之孤石"(《归途赋》),"铜陵映碧涧,石磴泻红泉"(《入华子冈是麻源第三谷》),"晨策寻绝壁,夕息在山栖。疏峰抗高馆,对岭临回溪"(《登石门最高顶》),等等。他不再如张衡、石崇他们那样描写人在山水中的宴嬉和弋钓之娱,也不再如王羲之、庐山诸释子那样将山水强调为遣怀悟道之场,他的山水世界与纷繁喧嚣的欲界相反,主体部分

---

① 《日本足利学校藏宋刊明州本六臣注文选》卷二七,北京:人民文学出版社,2008年,第412页。

是空、水或水、月相映的本真澄净的世界,山水之游包括欣赏动植物的形状样貌和音声,包括各种前人未曾关注到的"细趣密玩",努力将身心融入那个鲜明朗畅的纯净世界。

在昭揭自然中质有而趣灵的新奇风景时,谢灵运不但自欣与山水林峦之美的遇合,还自得于对这些曾经只能孤芳自赏的林泉景致的发现。这种对山水本真之美的发现,且以山水知己自居自得的现象,实体现了晋宋山水文学发展的一种趋势。谢氏之前或同时的袁崧、陶渊明、释慧远等人都曾留下类似的文字。如袁崧《宜都山川记》叙及西陵峡云:

> 常闻峡中水疾,书记及口传,悉以临惧相戒,曾无称有山水之美也。及余来践跻此境,既至欣然,始信耳闻之不如亲见矣。其叠崿秀峰,奇构异形,固难以辞叙。林木萧森,离离蔚蔚,乃在霞气之表。仰瞩俯映,弥习弥佳,流连信宿,不觉忘返。目所履历,未尝有也。

在袁崧看来,这些书记和口传之人便未能领略西陵峡的诸般美异之处,他开始赞述峡中山水之美。袁崧不但欣喜自己能够揭橥西陵峡非同寻常的奇观("既自欣得此奇观"),还特别提出,"若山水有灵,亦当惊知己于千古矣!"释慧远等人之记述庐山石门[1],陶渊明之记叙曾城[2],文字中均含有类似的意味。

东晋开始发展出的这种欣赏山水本然之美异且以山水知己自居的趋势,在谢灵运诗文中蔚为大观。其《登江中孤屿》诗"怀新道转迥,

---

[1] 《世说新语·规箴》刘孝标注引《法师游山记》曰:"自托此山二十三载,再践石门,四游南岭,东望香炉峰,北眺九江。传闻有石井方湖,中有赤鳞踊出,野人不能叙,直叹其奇而已矣。"见余嘉锡:《世说新语笺疏》,上海:上海古籍出版社,1993年,第572页。
[2] 陶渊明《游斜川诗序》:"辛丑岁正月五日,天气澄和,风物闲美。与二三邻曲,同游斜川。临长流,望曾城,鲂鲤跃鳞于将夕,水鸥乘和以翻飞。彼南阜者,名实旧矣,不复乃为嗟叹。若夫曾城,傍无依接,独秀中皋。遥想灵山,有爱嘉名。欣对不足,共尔赋诗。"见袁行霈:《陶渊明集笺注》卷二,第63—64页。

寻异景不延。乱流趋正绝,孤屿媚中川。云日相辉映,空水共澄鲜。表灵物莫赏,蕴真谁为传",《石室山》诗"清旦索幽异,放舟越坰郊。苺苺兰渚急,藐藐苔岭高。石室冠林陬,飞泉发山椒。虚泛径千载,峥嵘非一朝。乡村绝闻见,樵苏限风霄。微戎无远览,总笄羡升乔。灵域久韬隐,如与心赏交。合欢不容言,摘芳弄寒条",等等,都有寻异到发现美异过程的描写。这些奇观总是隐藏在牧子渔夫足迹都难至的地方,千古空自峥嵘,现在突然被人赏识,灵奇之域与作者之间的"合欢"之喜可以想见。

二

《法师游山记》载释慧远语:"传闻有石井方湖,中有赤鳞踊出,野人不能叙,直叹其奇而已矣。"此类表述其实触及六朝山水文艺的一个重要特征,即其时的山水审美主体几乎都是文化精英,朴质的乡野之人虽认为石井方湖赤鳞踊出现象很神奇,却无法将此叙写出来。而谢灵运则不然,这位《世说新语》记载到的魏晋最后一位名士[①],在慧眼识得山水本真之美后,虽然清醒意识到言不尽意,还是试图用文字尽力将宏阔境域里山水世界的种种细趣密玩叙写出来。这在其《山居赋》中有比较集中的体现。如他描绘始宁南北两居周遭的风景有一节文字写及:在北山极顶之处修葺室宇,开门便可望见南山高峰,重叠的山崖尽入眼帘,明净的湖泊就在窗前。馆室门楣在丹霞的照映下分外红艳,梁椽因为碧云相触格外鲜明。山顶馆室位置之高可见流星从上往下疾驶,鹍、鸿一类大鸟振翼高飞都无法企及,何况是燕雀一类小鸟轻飞!一旁涌出的泉水在

[①] 陈寅恪先生在《陶渊明之思想与清谈之关系》一文中论道:"《世说新语》记录魏晋清谈之书也。其书上及汉代者,不过追溯原起,以期完备之意。惟其下迄东晋之末刘宋之初迄于谢灵运,固由其书作者只能述至其所生时代之大名士而止,然在吾国中古思想史,则殊有重大意义。"(《金明馆丛稿初编》,上海:上海古籍出版社,1980年,第194页)

东檐侧缓缓流动,对峙的峭壁耸立于西侧屋檐承溜处。修竹枝叶繁盛,灌木茂密幽深。藤萝四处延展攀援,鲜花芬芳袭人,娇美秀丽。日月之光从枝柯间投射,风露清气在山湾处弥散。①

与其前文学中的山水相比,谢灵运的山水世界明显更具体灵动,不仅包括"水石、林竹之美,岩岫、隈曲之好"(《山居赋》),还包括只有细心观照方能注意到的映红门楣的丹霞、令所触梁椽分外鲜明的碧云。作者不厌其烦,努力全方位立体呈现他足所履及的山水,包括稀见前人写及的令山水更加幻异多姿的日月风露云霓等现象。

他要用文字极力巨细靡遗地描绘出眼、耳、鼻、舌、口等器官所感知到的一切物象。正是这份追求"极貌以写物"的冲动,使得他仗恃着自己博学多才的资本,"寓目辄书",期望达到"外无遗物"的理想状态。对文字的这种追求,其失败者则可能在一味巨细靡遗的描绘中淹没令读者眼前一亮的"名章迥句"(《诗品》上《宋临川内史谢灵运》),如谢氏以大赋的冗长结构撰写的《山居赋》中许多段落;其成功者可以为读者呈现出"窥情风景之上,钻貌草木之中"(《文心雕龙·物色》)的作品,如谢灵运的许多诗歌名篇。

仅以谢灵运的《石门新营所住,四面高山、回溪、石濑、茂林、修竹》诗"早闻夕飙急,晚见朝日暾。崖倾光难留,林深响易奔"两联为例。关于"早闻夕飙急,晚见朝日暾"联,历代诠释者均有误解之处。如《文选》五臣注李周翰曰:"山林深暗,故虽早,风如夜也;虽晚,见日如朝时初出光也。"明杨慎云:"此语殊有变互,凡风起必以夕,此云'晓闻夕飙',即杜子

---

① 谢灵运该段《山居赋》原文是:"抗北顶以葺馆,瞰南峰以启轩。罗曾崖于户里,列镜澜于窗前。因丹霞以赬楣,附碧云以翠椽。视奔星之俯驰,顾□□之未牵。鹍鸿翻翥而莫及,何但鷽雀之翩翾。沈泉傍出,溪涘于东檐;桀壁对峙,硻砮于西雷。修竹葳蕤以翳荟,灌木森沈以蒙茂。萝曼延以攀援,花芬薰而媚秀。日月投光于柯间,风露披清于崿岫。夏凉寒燠,随时取适。阶基回互,檼栱乘隔。此焉卜寝,玩水弄石。迩即回眺,终岁罔斁。伤美物之遂化,怨浮龄之如借。眇遁逸于人群,长寄心于云霓。"

美之'乔木易高风也';晚见朝日,倒景反照也。"①

其实若将谢诗此二句与其上下文联系起来看,便会发现上举几种解释均有问题。谢诗此下二句是"崖倾光难留,林深响易奔",此二句实是回过来补充说明前二句的:因为"崖倾光难留"("留",据《故训汇纂》,意为"不至也。《仪礼·大射仪》'下曰留'郑玄注。"因此,此句意为:山崖倾斜,光线难到),才会"晚见朝日暾";因为"林深响易奔"才会"早闻夕飙急"。再看其上二联,"结念属霄汉,孤景莫与谖。俯濯石下潭,仰看条上猿",原来自"俯濯石下潭"句至"林深响易奔"句均是形容诗人"孤景莫与谖"即所思念者邈若云汉,只能一人独自幽居石门的情景,在这种情境中,诗人只能与石下潭、条上猿、夕飙、朝日等山中景物相伴,因此可想而知诗人对周边的自然界一丝一毫的变化都会有敏锐的感受。对"山崖倾斜,光线难到",树林中林密,风响之声易奔急等现象造成的比外人晚见到朝日、早听到夕风的锐敏感受便是一例,而这种感受正是为了衬托作者"孤景莫与谖"背景下孤独凄清的程度之深。

具体抽绎出谢灵运诗歌中常被人误解的上述两联的确切含义后,我们应该就谢诗对于细密物象的体察和表现能力有比较具体的认知了。其实关于谢诗"情必极貌以写物"的例子比比皆是,尤其是其行旅、游览类以山水寓托不同境地之下感情的作品中,几乎每首都有这样的成功描写。

三

白居易在《读谢灵运诗》中写道:"谢公才廓落,与世不相遇。壮志郁

---

① 杨慎:《升庵诗话》卷十一,何文焕、丁福保编:《历代诗话统编》第 3 册,第 232 页。按,杨慎谓"晓闻",与"早闻"虽仅一字之差,但在此二联的诗意理解中是一关键字,因此有必要予以辨正。除杨慎所说作"朝"外,笔者所见各种版本此字均作"早",其中包括宋本六臣注《文选》、嘉靖皇省曾刻本《谢灵运诗集》、《栝苍金石志》所录本(据该志所录王芝庭按语,此刻石最晚出现于"唐时")等较早的版本。因此,杨慎之说不知据何本,今不从。

不用,须有所泄处。泄为山水诗,逸韵谐奇趣。大必笼天海,细不遗草树。岂惟玩景物,亦欲摅心素。往往即事中,未能忘兴谕。因知康乐作,不独在章句。"白诗涉及了谢诗在意象撷取上很突出的一个特征,即"大必笼天海,细不遗草树"。

先来看看谢诗选择、营造意象时"细不遗草树"的一面。作为刘宋初"情必极貌以写物,辞必穷力而追新"①诗风典型代表的谢灵运,在诗歌中表现细密意象不遗余力。谢诗中所在多有"细趣密玩"式意象的例子:

火旻团朝露。(《永初三年七月十六日之郡初发都》)

绿筱媚清涟。(《过始宁墅》)

泠泠朝露滴。(《夜发石关亭》)

晓霜枫叶丹。(《晚出西射堂》)

团栾润霜质。(《登永嘉绿嶂山》)

池塘生春草,园柳变鸣禽。(《登池上楼》)

白华皛阳林,紫薾晔春流。(《东山望海》)

白芷竞新苕,绿蘋齐初叶。(《登上戍石鼓山》)

近涧涓密石。(《过白岸亭》)

残红被径隧,初绿杂浅深。(《读书斋》)

泽兰渐被迳,芙蓉始发池。(《游南亭》)

芰荷迭映蔚,蒲稗相因依。(《石壁精舍还湖中作》)

初篁苞绿箨,新蒲含紫茸。(《于南山往北山经湖中瞻眺》)

蘋萍泛沈深,菰蒲冒清浅。(《从斤竹涧越岭溪行》)

原隰荑绿柳,墟囿散红桃。(《从游京口北固应诏》)

陵隰繁绿杞,墟囿粲红桃。鹭鹭翠方雏,纤纤麦垂苗。(《入东

---

① 刘勰:《文心雕龙》卷十《物色》,范文澜:《文心雕龙注》,《范文澜全集》第 5 卷,石家庄:河北教育出版社,2002 年,第 608 页。

道路》)

　　山桃发红萼,野蕨渐紫苞。鸣嘤已悦豫。(《酬从弟惠连》)
　　芳尘凝瑶席,清酝满金樽。(《石门新营所住,四面高山,回溪,石濑,修竹,茂林》)
　　弄此石上月。鸟鸣识夜栖,木落知风发。(《石门岩上宿》)
　　倐烁夕星流,昱奕朝露团。粲粲乌有停,泫泫岂暂安。(《长歌行》)

诸如上举这些谢诗例子中,对微细意象的营构,都是作者主观情志与自然界客观景致相应相合的产物。仔细观察这些细微物象,其中投射进的主要是作者人格思想上的两个特点,即自始至终对生命的执着与爱恋及萦绕诗人一生大部分时间的孤独感,且尤以前者为主。如《永初三年七月十六日之郡初发都》"火旻团朝露"、《夜发石关亭》"泠泠朝露滴"、《长歌行》"昱奕朝露团"和"泫泫岂暂安"等诗句对朝露的描写,寄寓着诗人由对生命的强烈的爱恋而对生命短暂这一残酷现实的敏锐的感受;《过始宁墅》《等池上楼》《东山望海》《登上戍石鼓山》《游南亭》《石壁立招提精舍》《于南山往北山经湖中瞻眺》《从斤竹涧越岭溪行》《从游京口北固应诏》《入东道路》《酬从弟惠连》等诗中对"绿筱""枫叶""春草""鸣禽""白华""紫蕙""白芷""苔""绿蘋""初叶""密石""残红""初绿""泽兰""芙蓉""芰荷""蒲稗""初篁""新蒲""花上露""蘋萍""菰蒲""绿柳""红桃""绿杞""犂方雏""麦垂苗""山桃""红萼""野蕨""紫苞""鸣嘤"等细小物象的关注,实际上是为这些物象中孕育、体现出的勃勃生机所感动。而这种感动,正是诗人长久以来积蕴于心中的对生之爱恋的情怀一旦接触到这些物象,于是"泊然凑合"的结果。后者如《石门新营所住,四面高山,回溪,石濑,修竹,茂林》"芳尘凝瑶席,清酝满金樽"、《石门岩上宿》"弄此石上月。鸟鸣识夜栖,木落知风发"等诗句,显而易见正是诗人郁积的寂寞孤独的心态触物而起的产物。反过来看,诗人对生之爱恋、孤独寂寥等心态,在他对这些微细事物的描写中,被细腻而准确地传达了出来,成功地实现了"言象以尽意"的目的。

与对微细意象的营构比较起来,谢诗在经营"大必笼天海",即阔大、高远等意象时,更是充分显示出了特有的个性特色。如:

张组眺倒景,列筵瞩归潮。远岩映兰薄,白日丽江皋。(《从游京口北固应诏》)

潜虬媚幽姿,飞鸿响远音。薄霄愧云浮,栖川怍渊沉。(《登池上楼》)

川后时安流,天吴静不发。……溟涨无端倪,虚舟有超越。(《游赤石进帆海》)

波波浸远天。……遥岚疑鹫岭。(《舟向仙岩寻三皇井仙迹》)

远峰隐半规。(《游南亭》)

晨策寻绝壁,夕息在山栖。疏峰枕高馆,对岭临回溪。长林罗户穴,积石拥基阶。连岩觉路塞,密竹使径迷。……惜无同怀客,共登青云梯。(《登石门最高顶》)

浮舟千仞壑,总辔万寻巅。流沫不足险,石林岂为艰。(《还旧园作,见颜、范二中书》)

暝投剡中宿,明登天姥岑。高高入云霓,还期那可寻。(《登临海峤初发疆中作与从弟惠连可见羊何共和之》)

寝瘵谢人徒,灭迹入云峰。岩壑寓耳目,欢爱隔音容。(《酬从弟惠连》)

山行穷登顿,水涉尽洄沿。岩峭岭稠叠,洲萦渚连绵。白云抱幽石,绿筱媚清涟。葺宇临回江,筑观基曾巅。(《过始宁墅》)

乱流趋孤屿,孤屿媚中川。云日相辉映,空水共澄鲜。(《登江中孤屿》)

遵渚骛修坰。溯溪终水涉,登岭始山行。野旷沙岸净,天高秋

月明。憩石挹飞泉,攀林搴落英。(《初去郡》)

迢迢万里帆,茫茫将何之。(《初发石首城》)

春晚绿野秀,岩高白云屯。(《入彭蠡湖口》)

遂登群峰首,邈若升云烟。(《入华子冈》)

……

考察上述例子便会发现,谢诗中描写水行多是行到水之尽头,登山则几乎都是登到了"山巅"。在水与山的描绘中,尤以山之高入云天的形象惹人注目,如《登石门最高顶》"晨策寻绝壁,夕息在山栖。疏峰抗高馆,对岭临回溪。长林罗户穴,积石拥阶基。连岩觉路塞,密竹使径迷。……惜无同怀客,共登青云梯"等诗句,对诗人所处的山之描写,让人不禁产生高处不胜寒的感觉,而他对诸如此类远、高意象的明显偏爱,完全可说是他高世绝俗的人格特征在自然界中投射的结果。他喜欢穷尽山水之高远、回曲的游法,似乎正是他在世俗生活中处处碰壁、不得施展抱负的委屈和愤懑之情,希求在对大自然不穷尽不罢休的游览中一泄的手段。

在偏好山高水远意象营构的同时,谢灵运还好以高高在上的天空之光、景与在下的地面、水面等景观的并置,营造出一种阔大无比的清明的意象。如《岁暮诗》"明月照积雪,朔风劲且哀"、《从游京口北固应诏》"远岩映兰薄,白日丽江皋"、《登池上楼》"潜虬媚幽姿,飞鸿响远音"、《登江中孤屿》"云日相辉映,空水共澄鲜"、《初去郡》"野旷沙岸净,天高秋月明"、《入彭蠡湖诗》"春晚绿野秀,岩高白云屯"等。诸如此类意象的营构,宽阔的旷野一直延伸到铺满白净的沙子的海边,在此上面,广阔无垠的高高的天空中,秋月分外明亮地照着。空旷的原野、白净的沙岸,与明亮而宽阔的挂着秋月的天空相对,其净明的意境摄人心魂。《岁暮诗》中明月照在白亮的积雪上而给人明净的感觉,与"野旷沙岸净,天高秋月明"类似;而"白日丽江皋"与"空水共澄鲜"等句则营造了天、水上下空明一片的意境。此类阔大的、空明或净明的意象，正与诗人希求无拘无碍式心灵自由的胸怀浃洽一片。

钟嵘称谢诗"高洁"，简文帝称谢诗"吐言天拔"，诸如此类对谢诗总体风貌的感觉与认识，恐怕正与谢诗大量高远、高洁、空明等意象的营构有关系。

无论是经营高远阔大的意象，还是细趣密玩式的意象，均折射着谢灵运对物我的执着的感情，正是由于他以含蕴丰富的感情与自然界的景物泊然凑合，继以卓绝的才力，才能呈现给读者一首首"造语工妙，兴象宛然"，如初日芙蓉般自然可爱的诗歌。

尽管有时叙写繁复到令人感觉冗长"塞滞"①（钱锺书语）的程度，谢灵运仍一再对自己未能具记山水中的"细趣密玩"表示遗憾。与陶渊明在闲闲几笔的写意式表达后便以"此中有真意，欲辨已忘言"收束相比，谢灵运叙写山水时总是努力用文字描绘出各种感觉器官所能感知到的美好物象。虽然他的作品在后世褒贬不一，但谢灵运对山水本真之美的揭櫫与尽力叙写，一直启发着其后的山水文学创作，即使是今人不乏微词的《山居赋》，其对始宁山水巨细靡遗的叙写，也曾嘉惠南朝及后来的山水诗文书写，在结构经营、意象撰构以及遣词造句方面，均为后世不断取用的源泉。

因此，陶弘景之高赞谢灵运对山水"能与其奇者"意味深长，推许他既具发现山水本真之美的慧眼，堪称山水知己，又能够用恰切的文字充分抒写山水本真之美。正是这两点，奠定了谢灵运在我国山水文学史上的突出地位。

---

① 钱锺书：《管锥编·全宋文卷三一》，第1285页。

谢灵运的宗教思想倾向与其
山水文学创作

由于谢灵运在佛教史上的佛经翻译及其与众多名僧交往的佳话轶事向来为人所津津乐道,且现存有《辨宗论》《佛影铭》《和范特进祇洹像赞并序》等与佛教有关的著名作品,以致很多现当代的谢灵运宗教思想及其与文学创作的关系研究偏重于从其佛教思想立论。这方面已产生了许多较有影响力的文章①。比较而言,和魏晋玄学思想相通的道家、道教,尤其是天师道思想与谢灵运文学创作的关系问题,研究者显然有所忽视或低估。

鉴于此,下文通过考察谢灵运生平史料记载与他的现存作品,对其思想根柢究属"奉道"还是"信佛"进行比较剖析,在厘清谢灵运宗教思想倾向的基础之上,再对谢灵运的相关文学表现作相应的分析和探讨。

一、身世背景中浓厚的天师道色彩

谢灵运出生于东晋孝武帝太元十年②(公元 385 年)。十五岁之前

---

① 例如,汤用彤:《谢灵运辨宗论书后》(《大公报》1946 年 10 月 23 日),齐文榜:《佛教与谢灵运及其诗》(《文学遗产》1988 年第 2 期),张伯伟:《禅与诗学》(杭州:浙江人民出版社,1992 年)中相关篇章等。
② 据叶瑛《谢灵运年谱》(《学衡》第 33 期,1924 年 9 月)、郝昺衡《谢灵运年谱》(《华东师大学报》1957 年第 3 期)、顾绍柏《谢灵运集校注》等考证。

养于当时颇受豪族贵望尊崇的天师道徒钱塘杜明师的"治"即靖室中,故小名"客儿"①。父谢瑍,在他生后旬日便亡②。母刘氏,系王羲之外孙女③。祖父谢玄,太元十三年卒④。

　　谢灵运父亲谢瑍生而不慧,且在他生后旬日便亡,因此在他的后天教育中当无影响。谢灵运祖父谢玄在他虚四岁时逝去,且这四年中,只有太元十二年转授会稽内史后才得以返回故乡会稽,而此时距其逝世仅一年时间,也就是说,谢玄生前只有一年的时间含饴弄孙。因此,要说祖父谢玄对谢灵运的教育有多少直接影响,实在也很难说。那么剩下可能对谢灵运青少年时代成长产生较大影响的便只有其母刘氏及其待了十几年的钱塘"杜治"了。

---

① 钟嵘《诗品》上《宋临川太守谢灵运诗》条载:"其家以子孙难得,送灵运于杜治养之。十五方还都,故名'客儿'。"曹旭:《诗品集注》(增订本),上海:上海古籍出版社,2011年,第201页。"杜治",即当时著名的天师道徒杜明师的靖室。杜明师,"与杜昺、杜炅、杜叔恭、杜子恭、杜恭,当为一人"(谢文学:《杜明师考》,《杭州师范学院学报》1994年第4期)。沈约《宋书·自序》载:"初,钱塘人杜子恭通灵有道术,东土豪家及京邑贵望,并事之为弟子,执在三之敬。"按,关于谢灵运寄养钱塘杜治一事,《晏元献公类要》卷一《两浙路·杭》"梦谢亭"条也记载此事,但文字与《诗品》异,更具道教色彩。该条谓:"按,谢灵运,晋时会稽人也。世不宜有子恩,乃于钱塘杜明师舍寄养。明师夜梦东南有贤人相访。乃晓,灵运至。故有梦谢亭。"(晏殊:《晏元献公类要》,《四库全书存目丛书·子部》影清抄本,第183页)。"世不宜有子恩"之类说法纯属道教方术家之言。本文引此,以备参考。

② 据叶瑛、郝昺衡等人年谱考证。

③ 唐张彦远《法书要录》引梁虞龢《论书表》曰:"谢灵运母刘氏,子敬之甥。故灵运能书,而特多王法。"(张彦远:《法书要录》卷二,北京:人民美术出版社,1964年,第37页。)子敬乃王献之之字,王献之乃王羲之之子,因此,所谓的"子敬之甥"实即王羲之外孙女。王羲之曾说过:"吾有七儿一女,皆同生"(严可均:《全晋文》卷二二,北京:中华书局,1958年,第1583页。)又据刘义庆《世说新语·品藻》"桓玄问刘太常"条刘孝标注:"《刘瑾集叙》曰:瑾字仲璋,南阳人,祖遐,父畅,畅娶王羲之女。"而《世说》同条中桓玄对刘瑾又有"贤舅子敬"之说,是知王羲之女嫁刘畅,刘瑾和谢灵运母均为其所生(余嘉锡:《世说新语笺疏》中卷下《品藻第九》,上海:上海古籍出版社,1993年,第545页)。王汝涛《王羲之几个家属亲属小考》一文考证出王羲之之女儿,即为谢灵运的外祖母,字孟姜(王汝涛:《王羲之书法与琅琊王氏研究》,北京:红旗出版社,2004年,第209页)。

④ 房玄龄等《晋书》卷七九《谢玄传》载:(谢玄)太元十年十月,因淝水之功封康乐县公。太元十二年,遇疾,转授散骑常侍、左将军、会稽内史。太元十三年卒。

谢灵运母刘氏乃刘畅与王羲之女儿所生。而王羲之一家世事张氏五斗米道,前代学者论之甚详,如陈寅恪先生《天师道与滨海地域之关系》①一文"东西晋南北朝之天师道世家"一节中便有"琅琊王氏"。由此可知,刘氏之母乃天师道世家出生。刘氏之父刘畅呢？其天师道背景更富传奇色彩。刘畅父乃刘遐。刘遐即天师道上清一系奉为始祖的道教传奇人物魏华存之子②。史传王羲之学书法于魏华存颇富传奇色彩,其嫁女于魏夫人之孙当属于具有共同宗教信仰者之间的联姻——这也正是南朝人婚姻活动的一大特色。谢灵运母刘氏的父母亲都与天师道有着极为密切的关系,因此刘氏的思想中当也有浓厚的天师道色彩。

　　母亲刘氏的思想背景既如彼,谢灵运父亲这边呢？谢家虽非天师道世家,但与天师道本也存在密切关系。除了与信奉天师道的家庭联姻外③,谢灵运从高祖父谢安及祖父谢玄均与著名天师道徒杜明师,即杜昺有交往。据《洞仙传·杜昺传》载:"晋太傅谢安时为吴兴太守,见黄白光,以问昺。昺曰:'君先世有阴德于物,庆流后嗣,君当位极人臣。'"又载:"苻坚未至寿春,车骑将军谢玄领兵伐坚,问以胜负。昺云:'我不可往,往必无功；彼不可来,来必覆败,是将军效命之秋也。'坚果散败。"④另据《晋书·谢玄传》所收谢玄病危时上给皇帝的一封信中"伏愿陛下……听臣所乞,尽医药消息,归诚道门,冀神祇之祜。若此而不差,修短命也"之语,核其语意先说"尽医药消息",再说"归诚道门",其中"道门"颇类天师道。

――――――――
① 陈寅恪:《金明馆丛稿初编》,上海:上海古籍出版社,1980 年,第 15—19 页。
② 据李昉等《太平广记》卷五八摘自《集仙录》及《本传》(当是魏华存的《本传》)的一段话可知:"魏夫人者,任城人也……生二子,长曰璞,次曰瑕……值天下荒乱,携二子渡江……遐为陶太尉从事,中郎将。"按,在南朝典籍中,"刘遐"与"刘瑕"已混用,据其兄名"璞"来看,其初当以"瑕"为正。北京:中华书局,1961 年。
③ 谢灵运祖姑谢道韫,嫁与世事五斗米道的王家,且是王家笃信天师道的王凝之；谢灵运父亲所娶刘氏出自天师道色彩极浓厚的家庭,已见上文。
④ 张君房:《云笈七签》卷一百十一《洞仙传·杜昺》,北京:中华书局,2003 年,第 2424 页。

不论是母亲的出身,还是从高祖、祖父的言行交往,均染有浓厚的天师道色彩,可以这样说,谢灵运出生于一个受天师道影响很深的家庭。这种浓厚的天师道色彩还体现在谢灵运的名字上。东晋末天师道信徒、利用天师道起义的孙恩,字灵秀;南朝天师道世家之一会稽孔氏,其中一个笃信者便名为孔灵产①;另外一些天师道信徒如王灵期、王灵徽、孔灵符等,名或字中均含一"灵"字。可见,名或字中带"灵"字者,多为信仰天师道的家庭为其子孙所起的名或字。陈寅恪《天师道与滨海地域之关系》一文在论及六朝人以"之""道"等字命名,乃"与宗教信仰有关"时,认为钟嵘《诗品》关于谢灵运养育于天师道徒杜明师馆舍的记述,"不独可以解释康乐所以名客儿之故,兼可以说明所以以'灵'字为名之故。钱塘杜氏为天师道世家,康乐寄养其靖室以求护佑,宜其即从其信仰以命名也"②。

不但家庭身世背景,更有证据表明谢灵运与天师道的关系非同一般。这便是他《山居赋·自注》等文字中一再提及的《洞真经》。此《洞真经》,乃《大洞真经》,天师道上清系重要经典《上清经》中最重要的组成部分。陈国符先生认为:"道书自东汉以来,陆续出世,后人……分为七部……其最要者为《三洞经》……三洞者,第一洞真……《洞真经》者,《上清经》也……按上清经中,以《大洞真经》最为精妙……以《大洞真经》为首。"③且据说"《大洞真经》,读之万过便仙,此仙道之至经也"④。谢灵运

---

① 《南齐书·孔稚珪传》:孔稚珪……父灵产……有隐遁之怀,于禹井山立馆,事道精笃。吉日于静屋四向朝拜,涕泗滂沱,东出钱塘北郭,辄于舟中遥拜杜子恭墓,自北至都,东向坐,不敢背侧。萧子显:《南齐书》,《百衲本二十四史》影印宋蜀大字本,北京:商务印书馆,1958年。
② 陈寅恪:《金明馆丛稿初编》,第8页。
③ 陈国符:《道藏源流考·三洞四辅经之渊源及传授》之《三洞》及《大洞真经》,北京:中华书局,1963年,第1、2、17页。
④ 陶弘景:《真诰叙录》卷五《甄命授》第一,《道藏》第20册,影印涵芬楼影印本,北京:文物出版社等,1988年,第520页。

写《山居赋》时为元嘉元年前后①,其时《大洞真经》并非一般人习见之道经,尚属秘本②,当时文人作品中引用此经处稀见。元嘉三年谢灵运于《罗浮山赋》序中称"客夜梦见延陵茅山,在京之东南。明旦得《洞经》,所载罗浮山事云……",其中《洞经》也即《洞真经》。也就是说,作者在元嘉元年前后所作之《山居赋》引用洞经后,于元嘉三年写此赋时,又一次引用《洞真经》。既然《大洞真经》乃天师道上清系重要秘典,谢灵运之频繁引用它③,正是他与天师道关系密切之一证。

---

① 顾绍柏《谢灵运集校注·山居赋》校记①云:"此赋大约作于元嘉元年(公元四二四年)下半年至次年上半年这段时间。"第466页。
② 若此经乃王灵期伪造之《上清经》中一部,其出世当是晋末。因王灵期伪造《上清经》乃晋末之事。《真诰叙录》云:"伏寻上清真经(《大洞真经》为其首经——笔者按)出世之源,始于晋惠帝兴宁二年,太岁甲子,紫虚元君上真司命南岳魏夫人下降,授弟子……杨某,使作隶字写出,以传护军长史句容许某,并弟三息上计掾某某,二许又更起写,修行得道……掾于宅治写修用,以泰和五年隐化。长史以泰元元年又去。掾子黄民,时年十七,乃收集所写经符秘箓历岁……元兴三年,京畿纷乱,黄民乃奉经入剡,为东闉马朗家所供养……钱塘杜道鞠,道业富盛,数相招致,于时诸人并未知寻阅经法,止禀奉而已。至义熙中,鲁国孔黙崇信道教,为晋安太守,罢职,还至钱塘……闻有许郎先人得道,经书具存。乃往诣许,许不与相见,孔膝行稽颡,积有旬月,兼献奉殷勤,用情甚至,许不获已,始乃传之。孔令令晋安郡吏王兴缮写。孔还都,唯宝录而已,竟未修用。元嘉中,复为广州刺史,及亡后,其子熙先、休先才敏赡,窃取看览,见《大洞真经》说云'诵之万遍则能得仙',大致讥诮,殊谓不然,以为仙道必须丹药炼形乃可超举,岂有空积声咏以致羽服,兼有诸道人助毁其法,或谓不宜蓄此,因一时焚荡,无复孑遗。王兴先为孔写,辄复私缮一通,后将还东修学,始济浙江,便遇风沦漂,唯有《黄庭》一篇得存……于是孔、王所写真经二本,前后皆灭,遂不行世。复有王灵期者,才思绮拔,志规敷道,见葛巢甫造构灵宝,风教大行,深所忿嫉。于是诣丞,求受上经。丞不相允,王冻露霜雪,几至性命。许感其诚到,遂复授之。王得经欣跃,退还寻究,知至法不可宣行,要言难以显泄。乃窃加损益,盛其藻丽,依王、魏诸传题目,张开造制,以备其录。"
由此可知,王灵期之伪造上清经在义熙中许黄民传经于孔黙之后。若此《大洞真经》为杨、许所传之经,于元嘉元年前后当仍属秘本(见陈国符:《道藏源流考·三洞四辅经之渊源及传授》之《大洞真经》及《真诰叙录》,第17—25页)。
③ 陈国符:《道藏源流考·三洞四辅经之渊源及传授》之《三洞四辅经之挚乳及道藏分部法》云:"道士之于其书,素所珍祕,传授亦郑重其事。故《抱朴子·勤求篇》云:'抱朴子曰:天地之大德曰生。生,好物者也。是以道家之所至秘而重者,莫过乎长生之方也。故歃血誓盟乃传。传非其人,戒在天罚。先师不敢以轻行授人,须人求之至勤者,尤当拣选至情者,乃教之。'"第101—102页。

二、安身立命的宗教思想解析

诚然,谢灵运"一生常与佛徒发生因缘"①,且著有《辨宗论》等"于佛法之光大固有力"②之文,但他"于佛教亦只得其皮毛,以之为谈名理之资料"③而已。考谢灵运涉及佛教之专文,如《辨宗论》《佛影铭》《庐山慧远法师诔》《和范特进祇洹像赞》《和从弟惠连无量寿颂》《答范特进书送佛赞》《〈维摩诘经〉中十譬赞八首》《昙隆法师诔》等等,非逞才炫学之文,即酬答应和之作。读者从中读出的多是谢灵运的才学之博敏,而非如《逸民赋》《入道至人赋》《衡山岩下一老翁四五少年赞》《王子晋赞》《罗浮山赋》《孝感赋》等作品,充满了道家和道教思想,作者于其中总是或多或少地寓以自己的身世之感和思想。由此二类作品之不同特征,也可见出谢灵运于佛教,只是"以之为谈名理之资料"而已,其"研究佛学的目的,似乎在于吸收佛经中的玄理来扩充玄学的领域,为清谈投下一注资本"④;而道家思想于谢灵运,才是他安身立命之处⑤,这主要体现在如下几个方面:

第一,谢灵运早年曾热衷于炼丹药之事。据陈、隋间人夏侯曾先的《地志》云,两浙路明州之"大隐山口,南入天台北峰、四明东,乃是晋谢康乐炼药⑥之所也。"⑦夏侯曾先之时代去谢灵运及其子孙时代较近⑧,所

---

① 汤用彤:《汉魏两晋南北朝佛教史》,北京:北京大学出版社,1997年,第308页。
② 同上书,第311页。
③ 同上书,第311页。
④ 叶笑雪:《谢灵运诗选·谢灵运传》,北京:古典文学出版社,1957年,第188页。
⑤ 叶笑雪《谢灵运传》中指出:"道家思想对灵运思想的影响是极深的,灵运的整个世界观中道家思想的成分,它的比重可能大于儒、佛二家的思想。"见叶笑雪:《谢灵运诗选》,第188页。
⑥ 按,"药"原作"乐",当是误字,据文意改。
⑦ 晏殊:《晏元献公类要》卷一《两浙路·明》,第196页。
⑧ 据鲁迅先生考证,"夏侯曾先《会稽地志》……唐时撰述已引其书,而语涉梁武,当是陈隋间人。"鲁迅:《古籍序跋集·夏侯曾先〈会稽地志〉序》,《鲁迅全集》卷十,北京:人民文学出版社,1981年,第44页。

说当有所据。也即是说,谢灵运曾一度沉浸于道教炼丹药之事。

谢灵运现存作品中虽无关于大隐山的直接记载,但他的《山居赋》对于大隐山一带的"仙山"有比较详细的描述:

> 远东则天台、桐柏、方石、太平、二韭、四明、五奥、三菁。表神异于纬牒,验感应于庆灵。凌石桥之莓苔,越楢溪之纤萦。

谢灵运自注此段曰:

> 天台、桐柏,七县余地,南带海。二韭、四明、五奥,皆相连接,奇地所无,高于五岳,便是海中三山之流。韭以菜为名。四明、方石,四面自然开窗也。五奥者,昙济道人、蔡氏、郗氏、谢氏、陈氏,各有一奥,皆相猗角,并是奇地。三菁,太平之北;太平,天台之始。方石,直上万丈,下有长溪,亦是缙云之流。云此诸山,并见图纬,神仙所居,往来要径石桥,过楢溪,人迹之艰,不复过此也。

守文之士眼中这类言神怪、非常不经的话,在《山居赋》中并非仅此一处,其中显示出的正是谢灵运对图纬、神仙之说的熟悉。因此上文所引夏侯曾先《会稽地志》中关于谢灵运在大隐山炼药的说法当非空穴来风。

第二,谢灵运对道家经典和人物的言行事迹一再高度致意。如其《山居赋》谓:

> 贱物重己,弃世希灵。骇彼促年,爱是长生。冀浮丘之诱接,望安期之招迎。甘松桂之苦味,夷皮褐以颓形。羡蝉蜕之匪日,抚云霓其若惊。陵名山而屡憩,过岩室而披情。虽未阶于至道,且缅绝于世缨。指松菌而兴言,良未齐于殇彭。

谢灵运自注曰：

> 此一章叙仙学者。虽未及佛道之高，然出于世表矣。浮丘公是王子乔师，安期先生是马明生师。二事出《列仙传》。《洞真经》云："今学仙者亦明师以自发悟，故不辞苦味颓形也。"庄周云："和以天倪。"……数经历名山，遇余岩室，披露其情性，且获长生。方之松菌殇彭，邈然有间也。

学仙正是道教中事。谢灵运虽说"此一章叙仙学者。虽未及佛道之高"，但紧接着又说"仙学者""出于世表矣"，即许"道家自立门户"。察谢灵运作品，引老、庄之处比比皆是，且给以至高的评价——"见柱下之经二，睹濠上之篇七……此二篇最有理"，相对来说，他的作品，尤其是前期作品中，对佛教之典较少引用，即使引用，也难免炫才之嫌，并无"最有理"之类主观性评价。这正可见谢灵运思想的立脚之处始终未离开过道家。

即使在严肃的政论文中，谢灵运也不避讳用为正统人士所侧目的道教思想谈兵论战。如其上给执政者的《劝伐河北书》曰："自羌平之后，天下亦谓虏当俱灭。……况五胡代数齐世，虏期余命，尽于来年。"这段文字尤应引起我们的重视，因其中充满着道教方术家的"邪说"思想。《宋书》卷四三《檀道济传》在数落檀道济的罪行时曾提到"谢灵运志凶辞丑，不臣显著，纳受邪说"，不少论者纳闷谢灵运"纳受邪说"究竟谓何，笔者认为当即指此类充满道家方术家思想的唯心言论。

第三，立身上，谢灵运向以高士自期，时人也是目其为高士或名士的，如长他几十岁的范泰于元嘉初曾写信给谢灵运道："卿常何如？历观高士，类多有情。"①高士，在南朝人眼中是与信佛者截然不同的两类人。

---

① 转引自顾绍柏：《谢灵运集校注》，第443页。

《世说新语·轻诋》篇载:"王北中郎不为林公所知,乃著论《沙门不得为高士论》。大略云:'高士必在于纵心调畅,沙门虽云俗外,反更束于教,非情性自得之谓也。'"①也就是说,在谢灵运从曾祖父谢安的时代,人们已认识到"高士"乃是任情纵性,不愿受世俗礼教、也不愿受任何教规束缚的一群人,而佛教徒或受佛教熏习甚深的人,虽号称俗外,但言行等均须"中规中矩",纵情任性、喝酒任达均与他们无缘。综观谢灵运一生,始终追求纵心调畅、情性自得的境界,未尝如佛教信徒那样"更束于教"。他在元嘉九年春赴临川内史途中写的《道路忆山中》②诗中还写下了"追寻栖息时,偃卧任纵诞。得性非外求,自已为谁纂。不怨秋夕长,恒苦夏日短。濯流激浮湍,息阴倚密竿"等语,表露出对没有束缚的"偃卧任纵诞"式自由生活的强烈想望。

三、自弱龄"奉道"与"信佛"辨

一些研究者根据谢灵运《庐山慧远法师诔》序中"余志学之年,希门人之末"句,而认为谢灵运自天师道徒的靖室还都后,即十五岁时已"从慧远法师游"③;另一些研究者则根据《高僧传·慧远传》"陈郡谢灵运负才傲俗,少所推崇,及一相见,肃然心服"等记载,设法考证出灵运上庐山见慧远的时间。如汤用彤先生论述道:

> 义熙七年四月,刘毅兼江州刺史,命其亲将赵恢领千兵守寻阳。康乐或于此时亦到寻阳,并入山见远公。……义熙八年四月,诏以刘毅为荆州刺史。毅割豫州文武,江州兵力万余人自随。九月至江

---

① 刘义庆:《世说新语》卷下之下《轻诋》第二十六,余嘉锡:《世说新语笺疏》,第845页。按,王北中郎,即王坦之,字文度,与谢安同时。林公,即支遁。
② 据顾绍柏考证,"此诗作于元嘉九年(公元四三二年)春赴临川郡途中",参见顾绍柏:《谢灵运集校注》,第278页。
③ 如叶瑛等诸家谢灵运年谱所考。

陵。康乐如未于七年到寻阳,此次当随毅道出江州。毅在此调度军兵,当稍逗留。康乐因得游山见远公。《高僧传·慧远传》曰:"陈郡谢灵运负才傲俗,少所推崇,及一相见,肃然心服"云云。事当在此时。①

汤用彤考证出谢灵运之始得见慧远,至早在义熙七年(412)二十八岁时。之后的谢灵运研究者所考均大致相同,文繁不录。李雁《新订简明谢灵运年表》更是据《资治通鉴》卷一百一十六系谢灵运见慧远事于义熙七年四月,进一步将谢灵运上庐山见慧远事定于义熙八年四月刘毅移镇江陵之前。②

实际上,不论是谢灵运十五岁即"从慧远游"之说,还是谢灵运于义熙七、八年间得见慧远之考证结果,都不能成立。谢灵运《庐山慧远法师诔》云:

> 余志学之年,希门人之末。……惜哉,诚愿弗遂。……自昔闻风,志愿归依。山川路邈,心往形违,始终衔恨,宿缘轻微。

谢灵运在这段话中表达的意思很明确:他很早就风闻慧远声名,并希冀到慧远处执弟子之礼,但是由于路途遥远,这个愿望始终未能实现。因此,写《诔》文时谢灵运仍深感遗憾。也就是说,谢灵运虽然谦称对慧远长久"心仪",但其实并未能够面见慧远以预门人之末。

《新订简明谢灵运年表》不但据"余志学之年,希门人之末"句推出"灵运十五岁到建康后不久便已倾心于远在庐山的慧远法师了",并据谢灵运《山居赋》"顾弱龄而涉道,悟好生之咸宜"及该段文字作者自注"自少不杀,至乎白首,故在山中,而此欢永废……世云虎狼暴虐者,政以其

---

① 汤用彤:《汉魏两晋南北朝佛教史》,第309页。
② 李雁:《谢灵运研究》"附录一",第303页。

如禽兽,而人物不自悟其毒害,而言虎狼可疾之甚,苟其遂欲,岂复崖限。自弱龄奉法,故得免杀生之事",得出谢灵运"更是坚奉佛法而终身不再杀生渔猎"①这样的结论。此类在谢灵运思想和文学思想的认识中颇为典型的推理论证,关系重大,这里值得辨析一下:

第一,正如上文所述,我们无从得出谢灵运"在十五岁到建康后不久便坚奉佛法"。

第二,谢灵运虽说过"吾志学之年,希门人之末",但正如汤用彤所说:"慧远学问兼综玄释,并擅儒学。"《宋书》谓宗炳尝入庐山就慧远考寻文义。周续之闲居读《老》《易》,入庐山事沙门释慧远。雷次宗少入庐山,事沙门释慧远,笃志好学,尤明《三礼》《毛诗》(并见《宋书》卷九三)。《高僧传》云:"时远讲《丧服经》,雷次宗、宗炳等并执卷承旨……"。陆德明《毛诗音义》云:"又案周续之与雷次宗同受慧远法师《诗》义……《僧传》称其(慧远)少时博综六经,尤善《庄》《老》。"②因此,谢灵运希望列于慧远门人之末,就不一定只是仰慕慧远佛学造诣了,既然慧远博综六经,尤善《庄》《老》,那么已浸淫于天师道影响十几年之久、且认为《老》《庄》"二书,最有理"③的谢灵运,想从慧远那里学的便很可能是《庄》《老》,而非必只是仰慕其佛学造诣这唯一原因了。

第三,谢灵运于《山居赋》中虽然一再声明其"自弱龄涉道,得免杀生之事"。但一方面"弱龄"一词在六朝作品中所指年龄从几岁到二十岁不等,并非必是指弱冠,也即整二十岁时。如梁沈约《南齐禅林寺尼净秀行状》称净秀:"弱龄便神情峻彻,非常童稚之伍。行仁尚道,洗志法门。至年十岁,慈念弥笃……年十二便求出家。"——据其文意,此处"弱龄"应指净秀几岁时。④因此,谢灵运文中之"弱龄"便不一定是指其十五岁之

---

① 李雁:《谢灵运研究》,第104页。
② 汤用彤:《汉魏两晋南北朝佛教史》,第252页。
③ 《山居赋》"见柱下之经二,睹濠上之篇七"二句自注。
④ 释道宣:《广弘明集》卷二三,《四部丛刊》影印明本。

后,也可能是几岁时。

第四,佛教固有不杀生之戒,道教也同样有此一戒。《云笈七签》卷三七《斋戒·洞玄灵宝六斋十直》曰:"道教五戒,一者不得杀生。"①而且众所周知,佛教戒律不但要不杀生,且须蔬食。但谢灵运并未蔬食。俄藏敦煌(L.1452)本《文选》中谢灵运《述祖德诗二首》题名下注文引录丘渊之《新集录》中的一段话谓:"……(谢灵运)曾谓孟颛云:'君生天在运前;若作佛,在运后。'颛问何谓。运对曰:'丈人蔬食好善,故生天在前;作佛须智慧,丈人故在运后。'"这段话隐含了谢灵运没有像孟颛那样蔬食的信息。再联系谢灵运《游名山志·新溪》条"新溪蛎味偏甘,有过紫溪者"②及其《答弟书》"前月十二日至永嘉郡,蛎不如鄞县,车螯亦不如北海"③两条文字,我们可以确定:谢灵运并未蔬食。

第五,《异苑》中有一则记载或许可以为谢灵运的自少不杀生提供另一种更合理的解释:

> 青溪小姑庙云是蒋侯第三妹庙。中有大榖树,扶疏荫渎,乌常产育其上。太元中,陈郡谢庆执弹乘马,激杀数头。至夜,梦一女子,衣裳楚楚。怒云:"此乌是我养,何故见侵?"经年而谢卒。庆名瑍,灵运父也。

谢灵运父亲既据说是因杀鸟得罪青溪小姑遭报而死,若此条记载可信,那么作为其子的谢灵运自小便会接受不准杀生的家训,也是非常可能的。

谢灵运所谓的"顾弱龄而涉道"及"自弱龄奉法"的"道"与"法"既无证据表明是他成人后方接触的佛教,那么据其身世背景,这个自幼便奉

---

① 《云笈七签》卷三七。
② 顾绍柏:《谢灵运集校注·文类》,第 393 页。
③ 同上书,第 389 页。

的道,便只能是道教,更确切地说,应该是天师道。

总而言之,谢灵运生于一个受天师道影响极深之家庭,长于一个天师道传奇人物之治中。因此,他在青少年时代一直受天师道思想的熏习,而他成人后的言行事迹中有很多道教或者说天师道思想的体现。比较而言,道教才是他安身立命的宗教思想所在。虽然在他晚期的诗赋中对仙人仙境的传说表示过质疑与幻灭,但这无法改变道家爱恋生命等基本思想对谢灵运其人其文的形塑作用。

谢灵运虽然一方面在作品中提及自己仰慕慧远,"希从门人之末",并与昙隆等其他当时的名僧游从,可谓"一生常与佛徒发生因缘";另一方面,也写过不少涉及佛教申述佛理的诗文。但是,一生常与佛教徒发生因缘者未必定是佛教徒,如天师道世家琅琊王氏之王羲之等人便是如此。而谢灵运之写作关涉佛理之文及研究佛教教义,已如前论,多是酬答应和及逞才炫学之作,这些都并不关乎他思想的根柢。相对的,《罗浮山赋》因梦而作——罗浮山乃道教第七洞天,《逸民赋》《入道至人赋》《王子晋赞》等体现道教或道家思想的作品,乃谢灵运受魏晋玄学之风形成以来同类作品的启发,出于抒发自己感情、表达自己思想的主动创作。

谢灵运一生"恃才傲俗"[1],追求纵情任性,做人与为文上均不曾低调过,这与"虽云俗外,反更束于教,非情性自得之谓"[2]的佛教徒的行事方式显然存在相当的差异。因此,研究谢灵运者若为一些不实的记载及谢灵运炫才酬和类文字所惑,坚持认为佛教是影响他的最大的思想背景,不但无法解释他的许多言行,更无法阐述清楚贯穿他作品的高洁、热爱生命等重要的特色。谢灵运诗赋等各体文学作品中对自然界景物具体细致、生动形象的描摹,正体现了他在道家影响下形成的对于活泼泼生命的深切爱

---

[1] 陈舜俞:《庐山记》卷二《叙山北篇》第二,北京博古斋影印本,1922年。
[2] 刘义庆:《世说新语》卷下之下《轻诋》第二十六,余嘉锡:《世说新语笺疏》,第845页。

恋和执着,以及对于己身乃至生机勃勃的自然界事物的消亡变化而产生的深深的遗憾,很难想象一个束缚于佛教教规、受佛教教义影响极深的人,会对耳闻目睹的自然界产生那么多的眷恋,并调动一切写作手法描摹它。

四、执着自我的精神与谢诗生机盎然的风貌

由于自小受道教环境熏陶,谢灵运对新鲜活泼的生命格外爱恋。仔细阅读他的作品,我们会发现他总能很敏锐地捕捉到充满生机的意象。由于他是用心、用情去感受和表达,因此他的作品常会渗透些主观的情感。但是由于理解的差异与关注视角的不同,历代论者对谢灵运诗歌景与情关系的看法分歧很大。兴膳宏先生在比较谢灵运与谢朓诗歌时提及:"李直方氏认为从大谢到小谢的山水诗的变化,在于从说理转为注入感情,这种看法是很正确的。"①志村良治认为,谢灵运"在描写山水时,割裂风景与心情的联系,采用纯客观描写的手法。诗中自然描写被实质化,中国诗歌史上客观的自然描写出现了"②。李雁认为:"由于作者有意识地将自己的感情冷藏起来或尽量淡化处理,传统意象出现的频率也就随之降低,这在一定程度上削弱了大谢山水诗的诗意。"③

近代以来学界类似上述三位学者那样批评谢灵运作品中缺乏情感一面的所在多有④。但毋庸置疑,对于这个问题,古今均有截然不同的意见,古人如元代方回认为:"灵运所以可观者,不在于言景,而在于言情。"⑤清人王夫之论道:"人情之游也无涯,而各以其情遇,斯所贵于有

---

① 兴膳宏:《谢朓诗的抒情》,彭恩华译,长沙:岳麓书社,1986年,第86页。
② 志村良治:《通向山水诗的契机——以谢灵运为论》,宋红编译:《日韩谢灵运研究译文集》,桂林:广西师范大学出版社,2001年,第46页。
③ 李雁:《谢灵运研究》,第257页。
④ 其他如钱志熙《谢灵运〈辨宗论〉和山水诗》(《北京大学学报》1989年第5期)等文,均认为谢灵运对情基本上持否定态度。
⑤ 方回:《文选颜鲍谢诗评》卷一,《文渊阁四库全书》本。

诗。是故延年不如康乐,而宋唐之所由升降也。"①"不能作景语,又何能作情语邪?古人绝唱句多景语,如'高台多悲风',……'池塘生春草',……皆是也。而情寓其中矣。"②"谢诗……情不虚情,情皆可景;景非滞景,景总含情。"③今人如赵昌平先生有一段很精辟的见解:"笔者很不同意一种流行的说法,即认为在陶、谢的山水诗中,山水才具有了摆脱人为感情影响的独立审美形态。其实中国山水诗从未有过这种纯美的形态。谢灵运的山水诗大多由骚而入庄玄,以山水散愁的特点显而易见……表现出对自然的深深的眷恋,与道玄之学本质上寻求生命的真谛,生活的快乐的渴望。如果不是断章摘句而从陶、谢各诗的全局去领会,这一点是不难明白的。"④

谢诗中确实有许多地方表现出他对活泼泼生命的爱恋之情。如一些物态描写看似客观写景,实则体现出了作者对充满生机的自然万物的体认。如《初往新安至桐庐口》诗"江山共开旷""景夕群物清",《从游京口北固应诏》:"原隰荑绿柳,墟囿散红桃",《入东道路》:"陵隰繁绿杞、墟囿粲红桃""鷕鷕翚方雏,纤纤麦垂苗",《初去郡》:"野旷沙岸净,天高秋月明",等等。这些写景之句均需要一双慧眼识得并用心描摹出来。再如《初往新安至桐庐口》,该诗全文如下:

> 絺绤虽凄其,授衣尚未至。感节良已深,怀古徒役思。不有千里棹,孰申百代意。远协尚子心,遥得许生计。既及冷风善,又即秋水驶。江山共开旷,云日相照媚。景夕群物清,对玩咸可喜。⑤

---

① 王夫之:《姜斋诗话》卷一《诗绎》,北京:人民文学出版社,1961年,第140页。
② 王夫之:《姜斋诗话》卷二《夕堂永日绪论》内编,第154页。
③ 王夫之:《古诗评选》卷五《登上戍石鼓山诗》,《船山遗书》,第5a页。
④ 赵昌平:《王维与山水诗由主玄趣向主禅趣的转化》,《赵昌平自选集》,桂林:广西师范大学出版社,1997年,第119页。
⑤ 此诗据万历沈启原刻本《谢康乐集》录。

此诗首联已表明此诗写作于七八月①。诗人此次游玩实际上是满怀着一颗尚子、许生似的出世高蹈之心,以这样一种人生观影响下的心境去"镜"万物,便得出了"江山共开旷,云日相照媚"等意象,这些意象明显是他此时开阔心胸、自适自得心情的真实写照,"景夕群物清"之"清"字正同如"密林含余清"之"清",均反映了作者当时完全摒除了躁进的心理,以至于江与山、云与日,以至于万物都似乎一派自得之象,没有外力的干扰与作用,完全不同于《从游京口北固应诏》"皇心美阳泽,万象咸光昭"等应诏类诗中描写的境界。这四句景物描写将他希求无拘无束、心灵自适的心态表现了出来,而这正与他在道家及魏晋玄学影响下纵情任性的生活态度相呼应。

谢灵运诗歌中更明显地体现出对生命的眷恋之情的,是从字面也能一眼看出的多处拟人手法的运用。谢灵运五言诗共八十五首左右,其中使用拟人手法者大致如下:

《岁暮》:"朔风劲且哀"。

《彭城宫中直感岁暮》:"鸣鹍歇春兰"。

《过始宁墅》:"白云抱幽石""绿筱媚清涟"。

《初往新安至桐庐口》:"云日相照媚""对玩咸可喜"。

《晚出西射堂》:"羁雌恋旧侣""迷鸟怀故林"。

《登池上楼》:"潜虬媚幽姿"。

《登上戍石鼓山》:"白芷竞新苕""绿蘋齐初叶"。

《石室山》:"灵域久韬隐""如与心赏交"。

《读书斋》:"夏物遽见侵"。

《舟向仙岩寻三皇井仙迹》:"拂鲦故出没"。

《游南亭》:"云归日西驰""密林含余清"。

---

① 按,《诗经·豳风·七月》有"九月授衣",谢灵运既说"授衣尚未至",那就是尚未到九月。

《登江中孤屿》:"孤屿媚中川"。

《石壁精舍还湖中作》:"山水含清晖""林壑敛暝色""云霞收夕霏""芰荷迭映蔚""蒲稗相因依"。

《于南山往北山经湖中瞻眺》:"侧径既窈窕""环洲亦玲珑""升长皆丰容""初篁苞绿箨""新蒲含紫茸""海鸥戏春岸""天鸡弄和风"。

《拟邺中集·应玚》:"求凉弱水湄"。

《入东道路》:"荣华感和韶"。

《酬从弟惠连》:"鸣嘤已悦豫"。

《登石门最高顶》:"积石拥基阶"。

《入彭蠡湖口》:"灵物吝珍怪"。

《泰山吟》:"明堂秘灵篇"。

《悲哉行》:"夭矫柳始荣""灼灼桃悦色""飞飞燕弄声""松茑欢蔓延""樛葛欣藟萦"。

《会吟行》:"连峰竞千仞""两竞愧佳丽""鹢首戏清沚"。

《往松阳始发至三洲》:"悦怿阳物柔""缤纷戏鸣鸠"。

八十五首谢诗中有二十三首即四分之一用了拟人句法,如果再排除掉有些五言诗中无描写物象的句子,即纯属表现人事者,如《述祖德诗二首》等根本不可能存在拟人式的描绘物象的句子,上述统计在其含有表现物象的五言诗中所占的比例就更大了。如此大量的用表现人动作、感情的词语——前者如"戏""弄""侵"等,后者如"悦""欣""欢"等,来表现没有生命的物象和一些动物,在他之前或同时代的作家中绝无仅有。这由他拟陆《悲哉行》《会吟行》与陆机同题之作《悲哉行》及《吴趋行》的差异比较中可以很清晰地看出。如果说在之前有谁在五言诗中大量地使用过拟人手法,我们还可以说谢灵运这是模仿,但在现存的谢灵运之前的作家五言之作中,似乎没有这样频繁地使用拟人这一表达手法的,包括公认对他诗歌创作影响甚大的曹植、陆机、张协等人。那么究竟是何原因造成了这种情况呢？我想这正是王夫之所说的"人情之游也无涯，而各以其情遇"。也即是说，谢灵运所描写之物象看似客观，实际上均已投射进了主观的感受。以一颗执着于生命的心去"遇"自然界中的万象，万象都是着了他个人色彩的意象了，成为"触目惊心""质有而趣灵"的生命体。

谢灵运将主观感受投射进景物当中，使景与情相融，除了上面所说的两种情况外，还有一种更加不易察觉的情况，即有些景物描写的本是很普通的物象，但到了他笔下却给了人耳目一新的感觉，这些景物不再是如工笔画一样没有生命的，而是显现出该景物处于生命的运动状态，其生机被鲜明地呈现出来。如《从游京口北固应诏》诗"原隰荑绿柳"句中"荑"字的名词活用，写出了柳树似乎正在生长的动态的感觉。《从斤竹涧越岭溪行》诗"岩下云方合，花上露犹泫"的"方"与"犹"两个副词，将云合、露泫的前一时间至当下时间的细微的动态关系呈现了出来。《登池上楼》诗"池塘生春草，园柳变鸣禽"中"生"与"变"两个动词，将春草生长（似乎还暗示着春水生长）与鸣禽变化的动态过程也描绘了出来。《酬从弟惠连》诗"野蕨渐紫苞"句之"渐"与《游南亭》诗"泽兰渐被径，芙蓉始发池"联之"渐"与"始"字，均将野蕨、泽兰、芙蓉处于不断生长的状态刻画了出来。对于《游南亭》之"渐"与"始"字，陈祚明《采菽堂古诗选》卷十七评得好："有'渐'字'始'字，则'被'字'发'字始活。自短而长，由苞而长，物色生动。此康乐擅场，他人不能也。"①

谢诗中诸如上述描写的例子举不胜举，这类描写体现了谢灵运对自然界中生命运动状态的关注，且这关注很深，否则他对这些事物的生命运动不会有超乎常人般的敏锐的感觉。山岩下的白云、花朵上的露水、池塘里的春草、池子中的芙蓉等物象，均是谢灵运之前诗歌中常见的，可谓陈词，但经由他表达出来后却给人一种非常新且鲜明的印象，这恐怕正是由于他热爱生命，由己及物，积极去体认自然界中一切生命的结果。

---

① 陈祚明：《采菽堂古诗选》卷十七《宋》二《谢灵运》，《续修四库全书》影印清刻本，第142页。

葛兆光先生在《道教与中国文化》一书中曾经论述过：

> 原始时代的人类对自然、社会与人种种问题的解释，动力虽然也来自困惑与"惊异"，但思维却是受非理性的情感因素及直观感觉所支配的，他们不去区分心理世界与物理世界，也不去分别物理世界中事物的类属关系，也不对物理世界的运动作客观的观察与分析，而是凭借自己的情感与经验，对这一切作出了"以己度物"的解释，因此，他们的解释就出现了以下特征：
>
> ——把主观世界即人的生命、情感、思想投射到客观世界的一山一水一草一木一鸟一兽之中，在心灵中赋予万物以灵魂，因而出现了图腾、神祇、鬼怪，而这些东西似乎不是人的产物而是矗立在人类对面的自在之物。[①]
>
> ……从一点（原始情感与思维）向两个不同方向引两条直线（宗教与文学），越向前延伸，它们之间的距离就越远。当宗教与文学沿着各自的轨道向前发展了数千年之后，这一对孪生兄弟的面貌似乎已迥然不同，以致人们淡忘了他们的血管中还流着极其相似的血液，淡忘了它们之间的亲缘关系。[②]
>
> 道教对于中国古典文学的影响，也正表现在这里——
> （一）它提供了许许多多的神奇谲诡瑰丽的意象；
> （二）它刺激了人们的想象力。[③]

所以要不烦辞费地大段引用原话，因为这段话很可以帮助我们理解谢灵运的诗文中也存在"把主观世界即人的生命、情感、思想投射到客观世界的一山一水一草一木一鸟一兽之中，在心灵中赋予万物以灵魂"的特征，之所以会如此，是因为作者长久深深浸淫于道家和玄学思想。

[①] 葛兆光：《道教与中国文化》，上海：上海人民出版社，1987年，第373页。
[②] 同上书，第374页。
[③] 同上书，第376—377页。

谢灵运山水诗文对前代赋体文学成果的转化与吸收

谢灵运的山水诗文在当时迥异于他人之处有二:一是许多"大必笼天海,细不遗草树"(白居易《读谢灵运诗》)的山水景致开始进入诗文,二是用移动的视角叙写山川风物。第一个特点正如前文所论,大体源于他的思想倾向,第二个特点是下文要重点关注的,即他特别注意吸收前代其他文体优秀的山水表现方法。

一、纪行、游览类赋与谢灵运作品中的山水叙写

周勋初先生在《论谢灵运山水文学的创作经验》一文中提出:

> 从五言诗的发展来看,刻意追求整齐对称之美,应该是从谢灵运开始的。从古诗十九首到太康文人,大都以单笔为主,诗中虽有骈句出现,但还没有什么着意铺排的情况。谢灵运融合赋体入诗,注意结构的严整,文辞的骈俪,应该说是诗歌创作上的一种发展。[1]

---

[1] 见葛晓音编选《谢灵运研究论集》,桂林:广西师范大学出版社,2001年,第170页。

周先生这篇文章提到谢诗语言表达上受大赋影响之深,也就是谢诗受赋这一体裁的影响,无疑极有见地,给研究者带来了许多启发。例如,李雁便进一步提出:"山水诗是在山水游览赋的影响下发展起来的。……山水游览赋在谢灵运一生的创作道路上所具有的重要性,可能要超过我们此前所能意识到的程度。"① 也就是说,许多研究谢诗的人都意识到了赋与谢诗之间存在关系。

其实,若对谢灵运诗文与前代赋体文学作一综合考察比较,便会发现,谢诗之整齐、景物描写之大量增加等等特点固然与大赋及山水游览赋有不小的关系,但他的诗歌以及《山居赋》等文体作品中之运用移步换景的写作技法,也即"自然景物随着诗人视线的移动和时间的流动而变化"② 的创作法,更可能是受魏晋以来发展起来的纪行赋与游览赋的影响③,此类赋中的自然描写"具有移动地描写在游览与行旅时所看到的自然的特征"④,也是各种文体之间移花接木比较成功的一种创作技巧。

在谢灵运的时代,纪行赋与游览赋均是记游的主要载体。而且很明显,游览赋是由纪行赋发展而来。但二者本身还是有一些区别,纪行赋在写景时基本上都是移步换景,游览赋则不然,如王粲《登楼赋》之类均是记述从一个固定的视角望出去看到的景物,所写景物似乎平平地铺在作者和读者眼前。另外,早期的纪行赋,如班超的《北征赋》、曹大家的《东征赋》、潘岳的《西征赋》等作品,以及由此一线发展起来的一些《×征赋》之类作品,所描写的景观多是行路所经见的人文景观,作者借此发思古之幽情,此类赋中自然风景的描写篇幅甚少。而游览类赋以及后来陆

---

① 李雁:《谢灵运研究》,北京:人民文学出版社,2005年,第212页。
② 章培恒、骆玉明:《中国文学史新著》(增订本),上海:复旦大学出版社,2011年,第324页。
③ 《文选》赋中有"纪行"类及"游览"类。"纪行"类收录了班超《北征赋》、曹大家《东征赋》、潘岳《西征赋》;"游览"类收录有王粲《登楼赋》、孙绰《游天台山赋》、鲍照《芜城赋》。
④ 小尾郊一:《中国文学中所表现的自然与自然观》,邵毅平译,上海:上海古籍出版社,1989年,第138页。

机等人的纪行赋①却是以描写路途中所耳闻目睹的景物为主。由这些区别我们也可以推想,谢灵运山水诗移步换景之法当是取式于纪行赋惯用的表现手法,大量地描写景物及夹抒情夹议论式的结构则借鉴于陆机的《行思赋》之类后来发展起来的纪行赋及孙绰的《游天台山赋》之类游览赋。

一般认为,纪行赋是由屈原《哀郢》《涉江》等篇发展而来,但发展至班超的《北征赋》、曹大家的《东征赋》、陆机的《行思赋》,直至谢灵运的《归途赋》等作品时,赋中一直是以时间和空间的顺序发展为主线,这就截然不同于汉大赋平面的鸟瞰式的横向铺写,在纪行赋如陆机的《行思赋》和曹丕的《临涡赋》等作品中,山水自然已是渐渐进入了他们的视野,受到了较大的关注。以陆机的《行思赋》为例:

> 背洛浦之遥遥,浮黄川之裔裔。遵河曲以悠远,观通流之所会。启石门而东萦,沿汴渠其如带。托飘风之习习,冒沉云之蔼蔼。商秋肃其发节,玄云霭而垂阴。凉气凄其薄体,零雨郁而下淫。睹川禽之遵渚,见山鸟之归林。挥清波以濯羽,翳绿叶而弄音。行弥久而情劳,途愈近而思深。羡品物以独感,悲绸缪而在心。嗟逝官之永久,年荏苒而历兹。越河山而托景,眇四载而远期。孰归宁之弗乐,独抱感而弗怡。②

《中国游记文学史》解释这段文字道:"作者记叙自洛阳回家省亲途中的

---

① 梅新林、俞樟华《中国游记文学史》认为,"纪行赋滥觞于屈原《哀郢》《涉江》,至西汉末刘歆《遂初赋》,业已初具规模;东汉时纪行赋大量涌现,像班彪《北征赋》等纪行、写景、抒情的艺术结合渐趋圆融自然。降至魏晋南北朝,随着自然审美认识的深化和放游山水之风的盛行,山水自然开始作为审美对象大量进入文学作品,纪行赋创作也呈现出新的气象,写景、记游的成分明显增多,向赋体游记的方向靠拢。"上海:学林出版社,2004年,第37页。
② 严可均:《全晋文》卷九六,北京:中华书局,1958年,第2010页。

见闻和感受,开头部分变用'背''浮''遵''启''沿'等不同动词突出行踪转换,写景时抓住季节的特点,清秋凄切,风冷雨细,见游鱼在水、飞鸟归林而更起乡关之思,且以鱼鸟之乐反衬游子之悲,睹物生情,情景交融,具有较强的艺术感染力。"①严可均从《艺文类聚》卷二七辑得此段文字,从《水经·泗水》注中辑得"乘丁水之捷岸,排泗川之积沙"两句和"行魏阳之枉渚"一句。显而易见,《艺文类聚》所录这一段赋并非全貌。按照赋的一般格式,这段文字前面应该还有一段介绍类文字,后面或许也还有一些抒情或议论性的文字。但就是在这或许只是片段的赋中,我们已可从中隐约见出谢灵运山水诗通常所用的格式轮廓。读了下面这篇谢灵运自己的纪行类的赋——《归途赋》后,或许我们可以使问题变得更清晰:

> 昔文章之士多作行旅赋,或欣在观国,或怵在斥徙,或述职邦邑,或羁役戎阵。事由于外,兴不自已。虽高才可推,求怀未惬。今量分告退,反身草泽,经涂履运,用感其心。赋曰:
> 承百世之庆灵,遇千载之优渥。匪康衢之难践,谅跬步之易局。践寒暑以推换,眷桑梓以缅邈。褫簪带于穷城,反巾褐于空谷。果归期于愿言,获素念于思乐。于是舟人告办,伫楫在川。观鸟候风,望景测圆。背海向溪,乘潮傍山。凄凄送归,愍愍告旋。时旻秋之杪节,天既高而物衰。云上腾而雁翔,霜下沦而草腓。舍阴漠之旧浦,去阳景之芳蕤。林乘风而飘落,水鉴月而含辉。发青田之枉渚,逗白岸之空亭。路威夷而诡状,山侧背而异形。停余舟而淹留,搜缙云之遗迹。漾百里之清潭,见千仞之孤石。历古今而长在,经盛衰而不易。

此赋也是辑自《艺文类聚》。赋正文前面的序和这段正文且不论,读该段

---

① 梅新林、俞樟华:《中国游记文学史》,第38—39页。

文字至末尾，由类书的节录特征可推知，此段文字也是不全的——或许后面还有抒情或议论性的文字被《艺文类聚》的编者删去不录——这在类书中是常见现象。但就是在这段似乎残缺的赋中，我们还是可以清晰见出其结构大致为：议论—叙事—写景—议论，而这正是谢灵运山水诗较常用的结构。这段赋中景物描写篇幅很长，给人一种较"繁富"的感觉。受周勋初先生《论谢灵运山水文学的创作经验》①一文做法的启发，笔者也将这篇赋的正文部分稍微转换几个字词并改变一下句序，将其变成一首不太严格的五言诗：

> 百世承庆灵，千载惠优渥。康衢匪难践，跬步谅易局。推换践寒暑，缅邈眷桑梓。穷城裼簪带，空谷反巾褐。愿言归期果，思乐素念获。舟人方告办，伫楫已在川。观鸟谨候风，望景斯测圆。背海始向溪，乘潮以傍山。凄凄送客归，愁愁吾告旋。旻秋暨杪节，天高万物衰。云腾群雁翔，霜下百草腓。旋舍阴漠浦，又去阳景蕤。乘风林飘落，鉴月水含辉。远发青田渚，迩逗白岸亭。威夷路诡状，侧背山异形。舟停聊淹留，缙云搜遗迹。泛漾百里潭，漫见千仞石。古今历长在，盛衰终不易。

经过这样一转换，谢灵运山水诗的形模已全具了。除了炼字琢句和文字剪裁不足外，大量地模写山水，且模写时顺着行进的路线依次描写，议论、叙事、写景、抒情、写景、议论，诸种表现手法交织进行的结构，均显露出了他山水诗歌的基本轮廓。

周亮工《书影》卷十谓："谢客诗只一机轴，……措词命意，尽于《山居》一赋。所谓'遡溪终水涉，登岭始山行'，即《赋》中'入涧水涉，登岭山行'，此类甚多。"②钱锺书先生认为周亮工只是"貌取皮相，未察文理

---

① 葛晓音编选：《谢灵运研究论集》，第 156—172 页。
② 转引自钱锺书：《管锥编·全宋文卷三一》，北京：中华书局，1986 年，第 1285 页。

也"。其实透过这些皮相之处再深入挖掘一番,就可见谢诗与赋之文理相通处甚多。但是,与其说谢诗与《山居赋》一类大赋文理相通,倒不如说谢诗与纪行游览类小赋关系来得更密切。如上文所举谢灵运的《归途赋》,我们通过简单的字词和顺序调整,竟然可将它转换成五言古诗;反其道而行之,谢灵运的一些山水之作也完全可以转为小赋,可想而知,它们转换之后的面貌一定是更接近陆机《行思赋》、谢灵运《归途赋》之类纪行游览类的小赋。那么,为什么周勋初先生能在谢灵运《山居赋》中找到与其山水诗相通的段落呢? 其实这是因为谢灵运《山居赋》已经不完全同于以往的大赋。其《山居赋》,从"形式结构上来看,可知此文仍然继承了汉代'京殿苑猎'等大赋中常见的那种'前后左右广言之'的手法,和前举《西都赋》《南都赋》的写法类同"①。但这只是在大结构上类同以往的大赋,在具体的景物描写中,谢灵运已经吸收了纪行游览类小赋的一些特点,其中便有对此类赋移步换景写法的借用。以往大赋中的描写物态多是鸟瞰式的,作者仿佛是对着某一详细罗列山川物产的地图在写作,因此基本上是平面式的。但谢灵运《山居赋》中"爰初经略,杖策孤征。入涧水涉,登岭山行。陵顶不息,穷泉不停。栉风沐雨,犯露乘星……翦榛开径,寻石觅崖。四山周回,双流逶迤。面南岭,建经台;倚北阜,筑讲堂;傍危峰,立禅室。临浚流,列僧房"等句,显然不是鸟瞰式的平面描绘所能表现的。因此,周先生将这些段落作为赋与谢灵运山水诗相通的例证,实际上是从侧面证明了谢灵运山水诗与纪行游览类小赋之间的相通。另外,这还说明了一个问题,即谢灵运不仅将山水游览赋的创作技法运用进山水诗中,而且还用进自己所创作的大赋中。这些都正表明了谢灵运大胆地打通各种文体之间存在的森严的界限,灵活地汲取各种文体的创作技法以为其当下创作的文体服务,其融会贯通的本领和魄力正是他能成为"元嘉之雄"的必要条件。另一方面,之所以是他在文学创作

---

① 周勋初:《论谢灵运山水文学的创作经验》,葛晓音编:《谢灵运研究论集》,第162页。

上有这样的本领和魄力,而不是在写《九日从宋公戏马台集送孔令诗》时诗歌创作声誉还高于他的从兄谢瞻①,也不是与他并称"颜、谢"的颜延之,恐怕也正与他不愿墨守成规、敢于突破旧制、力求新异的生活作风和思想特征相通,而这些思想特征恰是较他稳重的谢瞻和后期较他会韬光养晦的颜延之所不具备的。

二、"写物图貌,蔚似雕画"的谢诗赋体特征

除了将纪行、游览类赋中移步换景之法用于山水诗赋的景物描写外,谢灵运的诗文创作还从赋及他体文学中汲取了其他一些表现方法。如长篇大赋的主要创作方法——铺陈,及七体等文体追求语言的华丽等特点。钟嵘谓谢灵运诗"颇以繁芜为累",又曰"其繁富,宜哉"。"繁芜"或"繁富",大概也就类似于萧道成所说的"作体不辨首尾"的意思吧。"繁富"二字或"繁"或"富"在魏晋南北朝似除了谢灵运此例外,在其他情况下多是用来形容文,而非诗。如曹丕的《与吴质书》中便有"孔璋章表殊健,微为繁富"②之语,这是对陈琳章表的评价。陆机《文赋》"文繁而理富"句"繁"与"富"毫无疑问是对文的形容。释慧命《酬戴(逵)先生书》曰:"虽复六经该广,百家繁富。"③此"繁富"也主要是就诸子百家之文而言。梁王筠《昭明太子哀策文》赞昭明太子"学穷优洽,辞归繁富"④,联系其下文,此处也应该是就昭明太子文辞而言。

---

① 萧统:《文选》卷二十谢瞻《九日从宋公戏马台集送孔令诗》李善注曰:《宋书·七志》云:"谢瞻,字宣远,陈郡人也。幼能属文……高祖游戏马台,命僚佐赋诗,瞻之所作冠于一时。"韩国影印奎章阁六臣注本,1983年,第482页。
② 曹丕:《与吴质书》,萧统:《文选》卷四二,第1018页。
③ 释慧命:《酬济北戴先生逵书》,严可均:《全后周文》卷二二,北京:中华书局,1958年,第3994页。
④ 王筠:《昭明太子哀策文》,严可均:《全梁文》卷六五,北京:中华书局,1958年,第3338页。

相对而论，诗比文篇幅短小许多，语言应以精炼为主。钟嵘用一个通常用来形容文的词"繁富"来评谢灵运之诗，这件行为本身就应该引起我们注意。在我们意识到谢灵运诗与赋之间存在密切关系的同时，这个问题也就变得可以理解了：实际上，谢灵运汲取了赋"铺也；铺采摛文，体物写志"的写作方法。如《初去郡》"理棹遄还期，遵渚骛修坰。溯溪终水涉，登岭始山行。野旷沙岸净，天高秋月明。憩石挹飞泉，攀林搴落英"一段描写，正与他《山居赋》中"爰初经略，杖策孤征。入涧水涉，登岭山行。陵顶不息，穷泉不停。栉风沐雨，犯露乘星"一段铺陈如出一辙；又如他《于南山往北山经湖中瞻眺》之"朝旦发阳崖，景落憩阴峰。舍舟眺回渚，停策倚茂松。侧径既窈窕，环洲亦玲珑。俯视乔木杪，仰聆大壑淙。石横水分流，林密蹊绝踪。解作竟何感，升长皆丰容。初篁苞绿箨，新蒲含紫茸。海鸥戏春岸，天鸡弄和风"，自"侧径既窈窕"句始的景物描写明显是作者舍舟眺望或停策倚在松树上望出去所映入眼帘的，这与长篇大赋之鸟瞰出去铺写物象的方法异曲同工，或许正是在大赋写物方式的影响下，作者才能够任意放纵自己的耳、目乃至笔触。在这样的情况下当作者过于任由自己的笔触所至而不加控制时，"着力于对山水景物的反复刻画，就难免繁杂芜蔓了"。反过来看，谢灵运"繁杂芜蔓"之弊端也就是他"多以赋体"①创作诗歌带来的了。正如张伯伟先生所注，钟嵘《诗品序》"若但用赋体，则患在意浮，意浮则文散。嬉成流移，文无止泊，有芜漫之累矣"②，也可与此相参。也是由于借鉴赋体创作方法，谢灵运诗中写景时对句格外地多，就如赋中一样，追求一种整齐对称之美。另外，谢灵运用来为描写景物而进行的遣词造句，力求文辞高华，用刘勰评赋之"写物图貌，蔚似雕画"③来形容谢诗中的写景其实也很贴切。

---

① 张伯伟：《钟嵘诗品研究》，南京：南京大学出版社，1999年，第369页。
② 钟嵘：《诗品序》，曹旭：《诗品集注》（增订本），上海：上海古籍出版社，2011年，第53页。
③ 刘勰：《文心雕龙》卷二《诠赋第八》，范文澜：《文心雕龙注》，《范文澜全集》第4卷，石家庄：河北教育出版社，2002年，第120页。

刘勰总结立赋之体道："原夫登高之旨，盖睹物兴情。情以物兴，故义必明雅；物以情观，故词必巧丽。丽词雅义，符采相胜。如组织之品朱紫，画绘之著玄黄。文虽新而有质，色虽糅而有本。此立赋之大体也。"①其实这正与谢灵运创作之以游览景物的过程为明线，触景伤情并诉诸笔端的一面合。当然，谢灵运以幽愤的情志为暗线的一面在赋，尤其是长篇大赋中恐怕没有。

关于谢灵运诗歌与赋在内容、结构等方面的比较到此为止。此处需补充的是，谢灵运博采众家之长、杂糅众体之长于文献也是有征的。据《隋书·经籍志》记载，谢灵运曾撰集过《晋书》三十六卷、《游名山志》一卷、《居名山志》一卷、《宋临川内史谢灵运撰集》十九卷、《赋集》九十二卷、《回文集》十卷、《七集》十卷、《连珠集》五卷、《诗集》五十卷。《旧唐书·经籍志》著录的谢灵运撰集的集子，除了上述几种外，另有《设论集》五卷、《策集》六卷、《晋元氏宴会游集》四卷、《诗集抄》十卷、《诗英》十卷、《新撰录乐府集》十一卷等。这诸多的集子中，除《晋书》《游名山志》《居名山志》《宋临川内史谢灵运撰集》外，其他如《赋集》《回文集》《七集》《连珠集》《诗集》等大部分集子，都应该是他结集前人——或者也包括了他同时人的作品而成。如此热衷于对集部作品的分体编集，且规模都不小，如《赋集》竟有九十二卷，《诗集》有五十卷②。而且仔细考察一下我们便会发现，他所编集的作品如赋、七、连珠、回文等多是非常注重艺术技巧的文学种类。一方面，谢灵运之所以大量地编集这些集子，说明了在主观上他对这些文学种类有所偏好；另一方面，编成的此类文集对他的文学创作影响当是可以想见的。

总之，谢灵运汲取他体文学创作技法以为其诗文创作，尤其是五言诗创作服务，不但由前文对其诗赋特色所作的具体分析中可以得知，根

---

① 刘勰：《文心雕龙》卷二《诠赋第八》，范文澜：《文心雕龙注》，第120页。
② 按，由钟嵘《诗品序》称"至于谢客集诗，逢诗辄取"来看，我们也可以想见灵运编集诗歌等总集时规模一定不小。曹旭：《诗品集注》（增订本），第236页。

据其编集了大量的各体文学作品总集这些文献记载来看,他也是完全有这个条件的。

三、谢诗格体创变的诗歌史意义

谢灵运之吸收他体文学创作经验为其山水诗赋创作服务,在诗歌发展史上具有非同一般的意义。其格体创变主要体现在将长篇大赋、纪行、游览类小赋等他体文学中的语言、描写视角、谋篇布局等创作技法吸收进山水诗、赋的创作中。诗歌之创作受他体文学影响当然并非始于谢灵运,如潘岳等人诗歌之结构与具体描写,已经显露出了受汉以来长篇大赋结构与具体描写方法影响的痕迹。仅以潘岳《金谷集作诗》为例:

> 王生和鼎实,石子镇海沂。亲友各言迈,中心怅有违。何以叙离思,携手游郊畿。朝发晋京阳,夕次金谷湄。回溪萦曲阻,峻阪路威夷。绿池泛淡淡,青柳何依依。滥泉龙鳞澜,激波连珠挥。前庭树沙棠,后园植乌椑。灵囿繁石榴,茂林列芳梨。饮至临华沼,迁坐登隆坻。玄醴染朱颜,但愬杯行迟。扬桴抚灵鼓,萧管清且悲。春荣谁不慕,岁寒良独希。投分寄石友,白首同所归。①

潘诗之首联、次联引出金谷集会的情由;第三联至倒数第三联是诗之主体部分,即描写部分;末二联乃议论抒情部分。比较刘勰《文心雕龙·诠赋》篇所说"夫京殿苑猎,述行序志,并体国经野,义尚光大。既

---

① 逯钦立:《先秦汉魏晋南北朝诗·晋诗》卷四,北京:中华书局,1983年,第632页。

履端于倡序，亦归余于总乱。序以建言，首引情本；乱以理篇，迭致文契"①，潘岳此诗与其若合符契。并且，潘诗主体部分的景物描写受赋之铺陈物象影响更明显，"前庭树沙棠，后园植乌椑。灵囿繁石榴，茂林列芳梨"之类铺写与汉以来大赋严格地按前后左右方位依次铺陈景物的手法颇相类。

另外，登高而赋为赋之传统之一，王粲《登楼赋》开首便是"登兹楼以四望兮，聊暇日以销忧"②，其后便接以登高所览之景——虽然这不一定是某一次登高后所览之客观景象，但即使是想象，也是想象"登高"后所见之景："览斯宇之所处兮，实显敞而寡仇。挟清漳之通浦兮，倚曲沮之长洲。背坟衍之广陆兮，临皋隰之沃流。北弥陶牧，西接昭丘。华实蔽野，黍稷盈畴。"紧接着这段景物描写之后的，便是抒情和议论："虽信美而非吾土兮，曾何足以少留……"此类登高所作的小赋，其形式结构对潘岳的影响可谓非常大。在潘岳的《河阳县作诗二首》《在怀县作诗二首》，甚至《内顾诗二首》"静居怀所欢"一首，均深深地打上了王粲《登楼赋》之类小赋形式结构的印记。

《河阳县作诗》"微身轻蝉翼"一首自"今掌河朔徭"句后便是"登城眷南顾，凯风扬微绡。洪流何浩荡，修芒郁岧峣。谁谓晋京远，室迩身实辽。谁谓邑宰轻，令名患不劭。人生天地间，百年孰能要。颎如槁石火，蹩若截道飚。齐都无遗声，桐乡有余谣。福谦在纯约，害盈由矜骄。虽无君人德，视民庶不恌"③。"绡""峣"二韵是登城所见之景；"辽"以下数韵是抒情议论部分。《河阳县作诗》"日夕阴云起"首联便是"日夕阴云起，登城望洪河"，接以景物描绘"川气冒山岭，惊湍激岩阿。归雁映兰畤，游鱼动圆波。鸣蝉厉寒音，时菊耀秋华。引领望京室，南路在伐柯。

---

① 刘勰：《文心雕龙》卷二《诠赋第八》，范文澜：《文心雕龙注》，《范文澜全集》第 4 卷，第 119 页。
② 萧统：《文选》卷十一，第 262 页。
③ 逯钦立：《先秦汉魏晋南北朝诗·晋诗》卷四，第 633 页。

大厦缅无觌,崇芒郁嵯峨"等句,再接以议论部分"总总都邑人,扰扰俗化讹。依水类浮萍,寄松似悬萝。朱博纠舒慢,楚风被琅邪。曲蓬何以直,托身以丛麻。黔黎竟何常,政成在民和。位同单父邑,愧无子贱歌。岂敢陋微官,但恐忝所荷"①。其他几首,如《在怀县作诗》第一首自"夕迟白日移"句后便是"挥汗辞中宇,登城临清池",接以写景"凉飔自远集……"等句,再接以议论抒情部分"虚薄乏时用……"②等句;同题第二首稍有不同,自"叹彼年往驶"句后是"登城望郊甸,游目历朝寺"联,但写景部分并非直接此联,在写景之前多了一联叙述自身境况的话,即"小国寡民务,终日寂无事",此后再接写景联"白水过庭激,绿槐夹门植",终以"信美非吾土……"等抒情议论等语作结。《内顾诗》"静居怀所欢"首第一联便是"静居怀所欢,登城望四泽",次以"春草郁青青……"等景物描写,再接以大段的议论抒情"初征冰未泮……"③等语。

  由潘岳此数首诗来看,赋之影响诗歌并非始于谢灵运。但毋庸讳言,以赋体创作手法和技巧施于诗体创作,是到谢灵运才成熟到不露痕迹,形成一定的声势的。谢灵运以他"梓庆之锯",如大匠一样"鬼斧默运",而不再如潘岳似的颇嫌机械地亦步亦趋于赋的形式:比如说,潘岳诗中频频出现"登城×××"句式,类似这种留下赋之痕迹的颇显单调重复的写景的开端形式,在谢灵运诗中便不复存在。而潘岳《金谷集作诗》中受赋影响按前、后等方位地点依次列叙景物的现象,在谢灵运诗中也似乎没有。谢灵运是通过不断地创作实践,将赋之技法娴熟地运用于诗中,让赋的表现手法和创作技巧真正地为诗所用,为五言诗别创一幅天地,启迪了后人无数方便法门。六朝后期咏物性的小赋之影响咏物小诗,甚至于唐代韩愈的以散文创作技法施之于诗歌,固然有文体发展存在一定的趋势这一作用,恐怕也不能完全说其中没有谢灵运的影响。正

---

① 逯钦立:《先秦汉魏晋南北朝诗·晋诗》卷四,第633页。
② 同上书,第634页。
③ 同上书,第635页。

因为博采众家之长而不固守,融合他体文学创作经验,发展大胆创变的精神,才使谢灵运成为一个集大成式的人物,使他成为魏晋南北朝文学史上一位承上启下的关键人物。

图书在版编目(CIP)数据

六朝山水文精读与研究/吴冠文著. —上海：复旦大学出版社, 2022.11
ISBN 978-7-309-16544-9

Ⅰ.①六… Ⅱ.①吴… Ⅲ.①古典散文-散文集-中国-六朝时代 Ⅳ.①I263.7

中国版本图书馆 CIP 数据核字(2022)第 199254 号

六朝山水文精读与研究
吴冠文　著
责任编辑/杜怡顺
复旦大学出版社有限公司出版发行
上海市国权路 579 号　邮编：200433
网址：fupnet@fudanpress.com　http://www.fudanpress.com
门市零售：86-21-65102580　团体订购：86-21-65104505
出版部电话：86-21-65642845
上海四维数字图文有限公司

开本 787×960　1/16　印张 13　字数 168 千
2022 年 11 月第 1 版
2022 年 11 月第 1 版第 1 次印刷

ISBN 978-7-309-16544-9/I·1335
定价：58.00 元

如有印装质量问题,请向复旦大学出版社有限公司出版部调换。
版权所有　侵权必究